HORTENSE DUFOUR

ÉLÉONORE PAR-DESSUS LES MOULINS

inédits
1961-1970

ÉDITIONS DU
ROCHER
Jean-Paul Bertrand

DU MÊME AUTEUR

La Femme buissonnière, Jean-Jacques Pauvert, 1971.

La Dernière Femme de Barbe-Bleue, Grasset, 1976.

La Marie-Marraine, Grasset, 1978. Grand prix des lectrices de *Elle*, adapté à l'écran sous le titre *L'Empreinte des géants* par Robert Enrico. Livre de Poche.

La Guenon qui pleure, Grasset, 1980.

L'Écureuil dans la roue, Grasset, 1981.

Le Bouchot, Grasset, 1982, Prix du livre Inter, Livre de Poche.

Le Tournis, Grasset, 1984. Livre de Poche.

Jardins-Labyrinthes (avec Georges Vignaux), Grasset, 1985.

Capitaine dragée, Grasset, Pauvert, 1986.

Le Diable blanc (le roman de Calamity Jane), Flammarion, 1987. J'ai Lu.

La Garde du cocon, Flammarion, 1989. J'ai Lu.

Le Château d'absence, Flammarion, 1989. J'ai Lu.

Comtesse de Ségur, née Sophie Rostopchine, Grande biographie, Flammarion, 1990.

La Fille du saulnier, Grasset, 1992. Livre de Poche. Grand Prix de l'Académie de Saintonge.

La Jupière de Meaux, 1993.

L'Arbre à perruque, Grasset, 1995.

Saint Expedit, le jeune homme de ma vie, Bayard, 1996.

La Cinquième Saison, Seuil jeunesse, 1996.

Salve Regina, éditions du Rocher, 1997.

À Jean-Paul Bertrand,
avec ma profonde reconnaissance.

La prison et le désert ne sont pas à la portée de tout le monde.

Colette

Eh oui ! elle avait une poitrine comme une couille
de bougnat et elle en était très fière.

(Petite note prise en cours d'instruction civique.
Lycée de La Rochelle, 1961.) Éléonore n'a pas
encore atteint sa taille définitive.
On lui a promis sa taille définitive :
1. Quand elle aura son baccalauréat
2. Quand elle sera préposée-à-la-mairie-pour-la-vie
3. Quand elle se mariera.
Le mariage, paraît-il, a des effets sur les glandes
qui font grandir. Éléonore attend.

Visite

Elle entra dans le cimetière, alla tout droit vers une tombe. Elle portait dans ses bras une grande gerbe de roses et d'aconits et sur ses épaules une mantille de dentelle bleue. Dans ses cheveux une barrette 1900. Et au bas de sa longue jupe une guipure encore plus âgée. La chaussure était neuve et la nuque n'accusait pas plus de vingt-cinq ans.

Elle se baissa au niveau du marbre gris, posa les fleurs et dit à haute voix :

– Tant mieux.

Quand je la vis assise à la table du café, en face de la place de l'église, elle avait enlevé la barrette 1900. Une partie de ses cheveux dégringolait jusqu'à sa taille comme une poignée de lilas mauves.

Elle pleurait.

Devant un Byrrh Cassis.

Éléonore, dis, quand
grandiras-tu ?

Premier rappel de taille :
– Tu as eu ton baccalauréat
– Tu es mariée mais tu n'es toujours pas
préposée-à-la-mairie-pour-la-vie.

Oiseaux

Cette année, les oiseaux sont atroces. Ils accrochent leurs plumes en pans de rideaux, le long des cerisiers et les cerisiers, lentement agonisent. Il n'y a pas que les cerisiers : je les ai vus [les oiseaux] défaire un nuage, le vider complètement comme un édredon. Je suis allée au commissariat [des oiseaux] c'est-à-dire un commissariat chargé de s'occuper de leurs délits [d'oiseaux]. Ils m'ont dit :

– C'est un cas très grave. Mais avez-vous une preuve ?

J'ai posé sur le comptoir violet un bout de nuage déchiqueté et qui de surcroît commençait à sanguinoler. Le commissariat médite :

– Cela ne suffit pas. En fait, ce qu'il faudrait, c'est les prendre sur le vif.

J'ai éclaté de rire :

– Le vif ? Le vif-argent, alors ? C'est le nom d'une race très particulière [d'oiseau].

Une race qui porte bec rouge, houppette noire et des pattes, ho des pattes, d'interminables pattes faites pour les marécages, les dunes du désert et les décapitations en public.

Les oiseaux sont atroces, cette année. Vraiment.

Éléonore tu n'as toujours
pas grandi.
Tu n'es toujours pas préposée-à-la-mairie-
pour-la-vie.

Le bol de café noir

Il est en porcelaine bleue avec une marquise rose, sur une escarpolette. L'escarpolette, lancée très haut, fait que la marquise lance également très haut ses jambes aux jarretelles en guirlande d'églantine.

Ténébreux et souverain, le café rappelle à l'ordre un à un mes nerfs assagis. Je l'écoute chuinter avec mon sang, haleter à son rythme. Des carillons en fanfare rutilante éclatent derrière mes tempes.

– Hu A Dia La Joie !

Ivre d'euphorie noiraude, je jubile. La marquise fixe un rire sur sa bouche rouge ; un rire qui devient démesuré et rejoint mes propres cordes vocales. Il est sept heures du matin. Le bol de café noir me dote d'illusions valeureuses, celles d'un chevalier adoubé qui a longtemps veillé sur la dalle mauve.

Éléonore, on ne grandit pas avec du café noir
noir noir.

17

Quand tu seras préposée-à-la-mairie-pour-la-vie, tu risqueras moins d'être soufflée par-dessus les moulins de la Charente au moindre coup de vent. Souviens-toi, cela t'est déjà arrivé lors de tes fiançailles. Ton fiancé, pas plus que ton mari, ne te voyaient. Il serait juste d'ajouter que tu ne les vois pas davantage.

Pendule

Décidée au meurtre, elle avait promené le pendule sur la vie d'un homme. Parce que ce fut efficace, elle avait transformé l'homme en une poupée de papier comme on en découpe à l'école maternelle. Mais par un excès de passion, elle offrit au pendule d'un seul coup de ciseaux toute une guirlande de poupées se tenant par la main comme des frères siamois.

Déconcerté, le pendule commença par refuser. Immobile au bout du fil, il pendait, stupide, réduit à son état d'objet (un anneau d'or). Mais elle cria :

– Va, va donc !

Chargé de haine, le pendule s'ébranla entre ses doigts fins.

Et tous ses amants crevèrent la nuit d'après.

Cul de jatte
Quand elle ne fut plus qu'un tronc
sans bras
sans jambes (sauf un pied)

on l'a mise dans une maison de repos aux alen-
tours de Montfort-l'Amaury.

Éléonore peut-être
as-tu grandi ?

Petite note prise au cours de couture.
Lycée de La Rochelle, 1961.

Maternité
(Premier mois)

En fait, elle mincissait jusqu'à l'extrême. Persuadée qu'elle avait un cancer, elle rédigea son testament. Comme elle ne possédait rien, elle plia en huit une grande feuille de papier blanc sur laquelle elle écrivit : « Ceci est mon testament. » Elle l'envoya à l'homme de sa vie (car sa vie possédait un Homme) : « Ceci est mon légataire universel. » Puis elle s'occupa de son linceul. Lui, le désirait en guipure. Elle, en liberty mauve. Ils décidèrent un compromis dans du plumetis. À force de tergiverser devant les rayonnages d'un grand magasin de tissus, ils en vinrent aux pelotes de laine. Devant les flocons roses des pelotes douces comme le ventre des abeilles, elle comprit qu'elle était enceinte.

Éléonore quand grandiras-tu ?

Le mariage a fait de toi une pomme ronde.
Deviens préposée-à-la-mairie-pour-la-vie.

Les confitures de pommes

J'avais ramené du jardin charentais dix-huit cageots de pommes dites Blette-d'amour. De la grosseur d'un poing de femme, souvent creusées par les oiseaux et les frelons de petits puits dorés, juteux comme du miel, il est rare qu'elles soient appréciées telles quelles.

Je les aime avec un morceau de gruyère ou une frottée d'ail : mon plaisir est encore meilleur quand je les découpe avec le canif au manche en bois. Je vide proprement les puits gorgés par l'avidité des insectes et j'y joins les morceaux de fromage encore dur. On est en novembre.

Les chrysanthèmes allument mille rampes de théâtre aux orées des cimetières et la nuit tombe vite. Il est bon de se grouper autour des pommes : de les manier, les émincer, les cuire de diverses manières. De cette alchimie d'automne, se répand l'odeur délicieuse des chaussons chauds, des compotes gorgées de cannelle et enfin – fête entre toutes – celle du fumet qui sort de l'immense bassine où pendant huit heures d'affilée, les pommes disparaissent lentement sous les kilos de sucre de canne. Peu à peu, de jaunes, elles sont devenues rousses jusqu'à cet éboulis mauve, rouge et encore rouge, cette fournaise de délices où se précipite, vivante et drue, la jubilation de mon sens le plus aigü. L'odorat. À lui seul, il suffit pour que chemine déjà sous mon palais la première cuillerée refroidie mais encore comblée de sucre à peine décomposé. Le vin en devient amer et les chrysanthèmes aussi mauves que la nuit brusquement tombée derrière les lampes allumées.

Toute petite
Éléonore, haute comme
trois pommes.

1974

Maternité
(deuxième mois)

... À partir de là elle fut précipitée au fond d'un gouffre habité par toutes les odeurs. Les odeurs dressaient autour d'elle leurs gratte-ciel compartimentés. Le tabac devint une bête préhistorique qui lui broyait le foie, la rate, les poumons et tournoyait dans sa bouche jusqu'à ce qu'elle tombe sur le divan chinois évanouie, simplement évanouie mais se croyant morte.

L'huile bouillonnant à petits bruits au fond de la poêle au manche en argent devint la plus efficace des aides de ses bourreaux. En quelques secondes tous ses pores avaient absorbé l'affreuse odeur et elle devait courir vers l'eau de Cologne, un coton sous ses narines pour se convaincre qu'elle allait vivre encore.

La viande rouge, tellement aimée sous son nuage de poivre de citron et d'échalotes, devint un supplice ajouté aux autres. Le citron se faisait râpe en acier et la viande crue, peu à peu, s'allongeait en

une longue bête morte, un charnier encore pal-
pitant, collant aux dents, porteur de pestilences
inconnues.

L'ail capiteux l'agressa comme un Barbare devant
Jésus-Christ et elle succomba, encore une fois, empa-
lée d'un écœurement aigu, douloureux, sous les
côtes. L'innocente pomme se fit mégère, et roula un
tel sabbat dans son estomac qu'elle faillit se croire
maudite.

Ce fut l'époque où le spéculum, bête hideuse
sortie de la mer Morte, vint vers elle, ferraille glacée
parmi ses agresseurs divers.

La seule chose qui lui était miséricordieuse furent
les nouilles crues trempées dans du vinaigre.

Alors elle s'assit sur un banc et éclata en sanglots.

... Ô grande Éléonore

Les hormones du mariage t'ont fait gagner
quelques millimètres et disons-le : tu as été
nommée préposée-au-bureau-des-mariages.

Dieu

Pour s'être tournée vers Dieu, elle glissa d'une chaise et se brisa une jambe.

C'est bien fait, Éléonore ; tu as ricané pendant une cérémonie de mariage, et tu n'es plus préposée-au-bureau-des-mariages.

La photographie

La dernière chose à faire, naturellement, était de dédaigner l'oiseau. L'appareil à soufflet, monté sur trois jambes maigres, attendait sous le soleil...

... Quand on emmena Archibald Beaulieu, il fut étonné de voir à quel point les boutons d'or avaient poussé depuis son incarcération. Il le dit à un garde. Un garde à ses côtés. Et il le dit avec enthousiasme. Quelque chose comme :

– Des boutons d'or ! des boutons d'or !

De bonne foi, il crut que c'était les boutons d'or qu'on allait photographier. Mais le garde (un autre garde, de l'autre côté) lui expliqua qu'en fait, c'est lui qui était destiné à se tenir devant l'appareil.

Il remarqua, en effet, qu'autour du petit enclos où on devait le photographier, on avait décapité les boutons d'or. Il en fut navré. Bien que secrètement flatté car dans toutes ses douleurs, son amour-propre conservait son sang-froid.

On lui délia les mains et très poliment, les gardes le prièrent d'attendre.

Le photographe – campé sur de longues jambes

maigres légèrement écartées (tripède, lui aussi) s'engouffra sous le tapis noir et cria aux gardes :

— Dites-lui de sourire parce que l'oiseau va sortir.

On fit la commission. Mais Archibald Beaulieu ne le prit pas bien.

— Il n'y a rien de plus mal élevé que les oiseaux.

On le pria, on le supplia et on finit par lui avouer qu'il s'agissait d'un oiseau pas comme les autres.

Archibald Beaulieu s'obstina à condition, concéda-t-il, que l'oiseau fût un pélican.

— À cette heure de la journée, il sera difficile d'en trouver un.

Archibald Beaulieu fut inébranlable. La preuve, dit-il, je vais fermer les yeux si vous me photographiez quand même. Ainsi, du fait que je ne vois rien, la photo n'existe pas.

Il ferma les yeux et quand le garde (un troisième, toujours sur le côté mais un côté presque oblique) dit : « En joue, feu », l'oiseau sortit, en effet. Armé d'un long bec de poisson-marteau.

Et Archibald Beaulieu s'écroula. Tué sur le coup.

Bouche-toi les oreilles, Éléonore qui
aime avoir très peur.
Une telle déflagration quand on n'est pas plus
haute qu'une jonquille
fait exploser les tympans.
(1964, veille du baccalauréat)

Le lit-cage

Il l'avait acheté pour être sûr d'y vivre seul. Pas seulement à cause de ses incontinences d'urine. Mais sa seule volupté était de n'avoir affaire qu'à lui, de ne rencontrer comme bras que ses bras, comme tête que sa tête et comme parole que la sienne.

Comme il était très riche, sa famille le haïssait, mais avec passion. Il organisa sa solitude joyeuse dans son lit-cage. Il y vivait de fricassée de museau et de poires cuites. Non par avarice mais par goût.

Arriva une épidémie de choléra qui décima tous les vieillards. Il n'en sut rien, toujours en grande conversation avec lui-même. C'est alors que les membres de sa famille, égarés comme les membres arrachés aux cafards, le supplièrent de les héberger.

Atterré, il endura dans le lit-cage :

– une grand-tante avec son guéridon 1920,

– un petit-neveu avec un canard en plastique qui chuintait au rythme de sa vessie douloureuse,

– un oncle à légion d'honneur et hémorroïdes,

– une demi-sœur bègue qui grelottait jour et nuit la même syllabe,

– un aïeul encore en vie et que tout le monde croyait mort,

– une cousine à facettes (multiples),

– une garniture de nièces,

et maints beaux-frères, anciens retraités de la SNCF.

Une nuit ils étaient tous réunis dans le lit-cage, assis en rond sur son alèse. Ils discutaient âprement au sujet de son héritage.

Alors il prit une décision : il ouvrit tout grand les vannes de sa vessie et les noya tous.

Il sonna son valet pour faire changer le matelas et reprit avec bonheur sa longue fête avec lui-même.

Éléonore !
Réveille-toi, tu es sur l'aile du moulin
de la Charente !
Ohé !

1974

Maternité
(troisième mois)

Tel le déchirement soyeux des chenilles en velours, son corps carillonna en paix.

Brusquement lui furent rendus comme autant de clémences le goût du café noir, celui du riz aux pommes niché sous la couche caramel. Une attirance capiteuse pour l'ail et l'échalote qu'elle distribua à profusion dans les salades de carottes et sur la viande rouge.

De maudite, elle devint privilégiée et entraîna son compagnon dans la même fête. Ensemble, ils surent se traiter mieux, se traiter bien. Ils découvrirent le délice des moules ouvertes à même le feu avec un blanc de blanc pour les honorer.

Ils apprirent à éliminer de leur vie les intrus meurtriers : conserves remplies de lard caoutchouteux et de haricots en matière plastique. Faux légumes gonflés d'eau et de microbes surgelés, biscuits trop colorés dans les sachets en plastique, le yaourt rose framboise, rendu ainsi au moyen de longues seringues industrielles. Rideaux tirés, ils s'enfermaient de longues heures en couple d'amants (qu'ils étaient) pour cuisiner le bœuf en daube ou des saint-pierre à l'oseille. Seul un chat rayé fut admis dans ce muet et chaud dialogue au milieu de l'ail capiteux et des épices versées une à une sur la viande à grand goût. Le chat (Horace) promenait un nez subtil encadré de moustaches en faisceau lumineux sur leurs mains et les choses que leurs mains coupaient, rangeaient, émaciaient, disposaient. L'égoïsme est le plus grand des auxiliaires du bien-être et de la survie. Ils le pratiquèrent avec passion et peu à peu leurs joues s'enflammaient de tous les roses du grand confort.

Tous les trois ronronnaient de plaisir entre le four allumé et les lampes à abat-jour vert pâle. La grande glace du fond lui renvoyait son ventre encore plat et elle soupirait d'impatience.

– Qu'as-tu ? s'inquiétait-il en roulant la pâte à tarte.

– Trop mince, trop mince.

Elle souhaitait des flancs rebondis, les flancs de la bonbonne en verre remplie du vin lourd comme autant d'or.

Grosse Éléonore !

24 mars 1964

Lessive

Elle passa le cadavre de son mari à la machine à laver. Mais elle se trompa de programme. Il avait déteint sur les autres vêtements qui furent entièrement perdus.

Alors, elle s'assit sur un escabeau et se mit à pleurer.

Quand grandiras-tu
Éléonore ?

Jeanne d'Arc

Ancienne servante d'auberge qui aurait pu brûler de mille feux pour les mâles. Dommage.

Jeanne qui s'appelait
Éléonore-Jeanne
(Petite note prise au cours de couture.
Lycée de La Rochelle, 1961.
Nous apprenons à faire une boutonnière pour
nos maris-à-la-mairie-pour-la-vie.)

— Hem ! Hem ! dit le professeur de couture.
Moins vous cousez, Éléonore,
plus le zéro s'arrondit.

SNCF. Première station (1962)

Il y a des gens qui vous demandent d'un air hagard où est la gare. Je n'atteins pas leur conduit auditif, et ils s'égarent de gare en gare en criant « Gare ! », sans me voir.

Le sac de pensionnaire d'Éléonore est plus haut qu'elle.

Le taureau

Magnifiquement couillu et luisant de poil, il s'était échappé de la boucherie et courait à travers les rues du village. Ivre de scandale, il traversa la place Eugène-Sue sans tenir compte du passage clouté. La statue était trop mince. Elle ne dissimulait que la partie centrale de son corps. Les cornes, la queue, les sabots étaient en trop. Il se douta que le boucher le rattraperait facilement s'il ne trouvait pas de lui-même une solution d'urgence.

D'autre part, il lui était très difficile, autant dire impossible, d'avoir recours à une aide quelconque. Du fait qu'il ne présentait aucune aliénation mentale, il était évident que personne dans le village ne prendrait le risque de l'héberger ou de le cacher ne serait-ce que quelques heures (à cause de la complicité). Il eut un petit ronflement de dépit : après tout, il n'avait jamais manqué de diplomatie avec autrui.

Aussi autrui lui sembla-t-il bien ingrat. Et surtout fort mal élevé. Il en voulut à la statue d'Eugène Sue d'avoir si peu d'ampleur et comme son dépit s'accroissait, il gratta le gravier d'un ongle furieux (le gravier tout frais, étalé autour de la statue grâce à la décision du conseil municipal). Il eut l'intuition que d'abîmer ainsi le gravier rose aggravait son cas.

Il se sentit brusquement tout joyeux de réaliser que cela l'indifférait. Une joie égale à celle qu'il avait éprouvée le jour où il avait monté la charolaise...

L'horloge de la mairie sonna 4 heures. Il se dit qu'il fallait peut-être prendre une décision car tous les magasins allaient ouvrir (d'une part) et les enfants de l'école allaient surgir (d'autre part).

Morne, mais pourtant sans hâte, il quitta les graviers roses et se dirigea vers l'autre place, celle du monument aux morts. Il ne songeait même plus à se cacher. Il n'avait plus d'espoir. Cela lui apparut un cadeau inattendu. Le cadeau des idées claires.

Tu as dit « couillu », Éléonore ?
Tu as dit qu'il y avait de la joie, aux vaches,
d'êtres montées par le taureau ?
Tu n'es plus une innocente.
Tu sais de quoi tu parles.
Tu as donc peut-être grandi
de quelques millimètres.
Couillue est la bourse aux hormones qui
t'empêchera de t'envoler par-dessus
les moulins de la Charente.

Le veuf

Par souci de grande courtoisie, Léonide Maupin planta lui-même un clou dans la tapisserie. Sur ce clou, il suspendit le portrait d'Antoinette (née De Chautel), son épouse, enterrée du matin... Et décédée de l'avant-veille d'un cancer mal placé ce qui fait qu'on l'a vit jusqu'au bout, digne et debout, appuyée contre une canne très élégante, au pommeau en ivoire sculpté. Très respectueusement, Léonide Maupin coucha la canne sur la console, au-dessous du portrait. Il recula pour juger de l'effet et trouva que l'ensemble ne manquait pas de sobriété.

Décidé à porter son veuvage avec élégance, il se changea pour dîner. Par respect pour la défunte, il n'oublia pas d'utiliser les patins en laine pour traverser la salle à manger vaste comme une cathédrale. Pendant plus de trente ans, Antoinette (née De Chautel) avait soupiré.

– Vos patins, Léonide, vos patins.

Aussi ce soir-là, il n'eut pas besoin que son maître d'hôtel reprit la litanie conjugale : d'une seule traite sur le parquet luisant, Léonide Maupin gagna sa chaise à haut dossier et attendit que Victor eût servi la première louche de potage. Comme d'habitude, Victor – long, subtil homme gris, livide et sombre – posa la soupière sur la console.

Suivit un soufflé aux crabes qui alla se garer près de la soupière.

Quand on en fut aux endives à la crème, après les tranches de veau en sauce, de la canne on n'apercevait plus que le pommeau (en ivoire).

Léonide Maupin avait la bizarre, la désagréable et naturelle impression qu'il devait dire quelque chose, qu'il eût suffi d'un :

— Victor, la canne de Madame !

pour que tout reprît l'aspect d'un hommage lugubre.

La bouteille de Chambertin fit disparaître la moitié du pommeau (en ivoire).

Un somptueux saint-nectaire flanqué de l'irascible bleu d'Auvergne fit disparaître définitivement le pommeau.

Quant à la corbeille de raisins humides et bleus, elle commençait à atteindre le bas du portrait.

Léonide Maupin suggéra faiblement :

— L'infusion au salon, Victor.

Quand il vit arriver la longue bouilloire en argent, effilée en flûte à bec, il eut son premier geste d'héroïsme.

Victor attendait, plateau en main, Léonide Maupin plia ses patins qu'il glissa dans le rouleau à serviette (aux initiales De Chautel) et regarda Victor :

— Eh bien ? Qu'est-ce que vous attendez pour

me foutre en l'air cette canne et ce portrait ? Pas moyen de manger tranquille, ici. Non mais.

Petit texte écrit pendant le cours de philo sur les impératifs catégoriques de Kant. Lycée de La Rochelle, 1964. Victoire ! Éléonore debout est plus grande que le prof assis.

```
┌─────────────────────────────────────────────┐
│                                               │
│  31 mars 1974                            ✝     │
│  5 h 30 matin                                 │
│  Hôpital Rochefort-sur-Mer                    │
│  16, rue Le Peletier                          │
│  Mort de Papa                                 │
│                                               │
│     La tristesse de vieillir c'est d'avoir    │
│  encore la force de désirer ce que l'on n'a   │
│  plus la force de vouloir.                    │
│                                               │
└─────────────────────────────────────────────┘
```

Ceci est un faire-part. Les morts nous obligent à grandir.

Marennes, 1963

Le vitrier

J'étais né pour être vitrier. À cause de tête-à-tête avec l'océan Atlantique. Démesuré. Tout destin est dans la vitre, la vitre opaque où se brise la chape des navires. Enfant du vent et de l'horizon, je suis le vitrier.

Vitre où se brise ma propre mort et je passe la vitre au chiffon doux. Comme tout est clair, derrière la vitre.

Je parle. Tu ne m'entends pas : derrière la vitre il y a le décor des chouans, le cri de la chouette et le crépitement de ma contradiction.

Fidèle enfin au goût frais du mastic contre la vitre, je tiens à distance le ressac, le raz de marée. Je tiens à distance ma propre vie.

Vainqueur est le vitrier.

Éléonore ne commente pas : le vainqueur est celui qui est grand. Que veux-tu vaincre ?

Villequier

Depuis un jour et une nuit, j'attendais contre la pierre fraîche. J'avais un jour et une nuit d'avance sur le rendez-vous.

Plus encore que l'attente de lui et mon amour des perce-neige, il y avait le jardin de Villequier, les bancs de Villequier et les treilles opulentes de l'automne, les treilles poudrées de mousse et de rosée tremblante.

Dans les tableaux des peintres, on ne voit jamais serpenter le lierre de Villequier. Or celui-ci, aussi violent que les chardons, peu à peu empoisonne mon sang d'une jubilation téméraire.

En fait il est plus opulent que les treilles. Il s'accroche aux tombes, aux tombes de Villequier. On en parle peu.

C'est pour le lierre, que je viens.

Pour que grandisse le lierre, Éléonore,
il lui faut un mur.

Indivis

Après le décès brutal de leur père, ils avaient décidé de jouer leur héritage (la maison sous les lauriers) à la roulette russe.

Les discussions étant stériles, les mots envahissant leur situation d'indivis comme autant de fourmis nauséabondes, ils étaient tous les deux tombés d'accord pour la roulette russe.

Il se chargea du revolver – un pistolet ancien, à la crosse maniérée, incrustée de pâquerettes en ivoire bleu – elle choisit le bureau pompeux, tapissé des œuvres de Paul Bourget. Au milieu du bureau, elle installa un délicat napperon en dentelle ivoire sur le guéridon encaustiqué quotidiennement et passé au chiffon de laine.

De part et d'autre du guéridon, elle dispersa les deux fauteuils Louis XIII et attendit son frère.

Pour l'occasion, ils s'étaient habillés comme pour une cérémonie – quelque chose entre un baptême, l'inauguration d'une vespasienne ou une mise en bière. Ils portaient manchettes en dentelle blanche et long manteau en satin violet. Avec leur même longueur de cheveux, leur maigreur excessive et leur beau nez, élégant, un peu recourbé, ils se ressemblaient étrangement. Ils se reconnurent bien pour les enfants de Clodoald de la Ribaudière.

Il sortit le pistolet de son étui en velours du même mauve que leur tenue. Ils furent d'accord de trinquer d'un Byrrh cassis avant de procéder à l'indispensable solution qui briserait l'horrible indivis.

À la fin de la nuit, ils en étaient au même point. Le déclic du pistolet faisait à chaque fois un petit tac sans vacarme ni fumée noire ni bout de cervelle en forme d'étoile. Patiemment ils continuaient et ne se décourageaient pas.

Le début d'aube commençait à bleuir les lauriers qui affleuraient derrière les fenêtres en longues gerbes, d'abord noires puis vert sombre, puis encore noires. La vision de ces lauriers, de ces lauriers que viscéralement ils ne pensaient jamais partager emporta leur ultime décision : il ouvrit un petit bidon d'essence dont il aspergea le napperon de dentelle.

Elle approcha du napperon la flamme d'un charmant briquet en or sculpté. Ils restèrent immobiles, toujours assis dans les hauts fauteuils Louis XIII tandis qu'en moins d'une minute tout fut en flamme.

Ils restèrent assis devant l'écrin de velours mauve avec derrière eux le balai ivre des lauriers bleus.

Éléonore, tu as l'immense (immense ne me semble pas de trop) chance d'avoir été nommée-préposée-au-bureau-des-décès.

Chonchon

Tel un sylphe, Chonchon s'élança sur la piste de glace.

Épié d'un côté par sa fiancée Anatule et de l'autre par son ami et confident Pouck Mandranu, Chonchon fit d'abord ce que l'on appelle en terme de patinage une envolée préparatoire.

Mince aux flancs, le mollet maigre mais néanmoins bien dessiné, Chonchon avait ce que ses amis du cabaret *La Jarretière folle* appelaient « de la Branche ». Il est vrai que le public de la *Jarretière folle* était fort vulgaire et se recrutait entre les vilains quartiers du 13e arrondissement et la rue Julien-Lacroix.

Toujours habillé d'une combinaison synthétique pastel, Chonchon possédait une Capri vert reinette-d'étang dont Anatule avait enjolivé le capot d'une marquise rose framboise gagnée à la foire de Vitry-le-François.

... Donc, Chonchon s'élança, secrètement satisfait de constater que la grosse Anatule ne pourrait jamais le rejoindre – ni même le suivre.

Chonchon des glaces – mais soupçonne-t-il la haine longuement distillée, longuement déroulée comme une chenille hors de sa coque, soupçonne-t-il la Haine implacable de la vaste Anatule ? Pouck Mandranu, lui, a tout compris et compte sur cette haine pour couronner ses projets. Pouck Mandranu voudrait devenir la fiancée de Chonchon. Il sent bien qu'au fond de lui-même, Chonchon escompte quelque chose de ce genre. Si Chonchon n'a eu que des grosses femmes dans sa vie – jamais au-dessous de quatre-vingt-dix kilos – c'est que Chonchon a besoin de disparaître dans la graisse comme dans un embrassement tellement profond que le sexe de la femme devient inutile. Ce qu'il faut aux reins cambrés de Chonchon-la-Verte, c'est l'étreinte violente et sèche d'un petit mâle. La graisse d'Anatule, de toutes les Anatule n'est que la sirupeuse prémonition de son envie de l'homme.

Seule la teinte ferrugineuse des yeux d'Anatule est l'élément qu'envie férocement Pouck Mandranu.

Que faire ?

Pour Anatule, c'est fort simple : elle ne se doute de rien. Chonchon est sa chose, la cellule musclée et svelte qui effleure sa peau gonflée de sains œdèmes.

Elle le hait d'être mince. C'est sa minceur qu'elle a décidé de lui voler. D'une façon ou d'une autre. Mais d'une façon définitive, implacable. Anatule est déterminée, profondément déterminée, tels certains insectes du fond des Ardennes.

Que faire ?

Une idée, peu à peu, s'est insinuée dans les lourdes circonvolutions de son cerveau. Il faudrait que Pouck Mandranu l'aide. Par exemple, qu'il la pousse tout doucement par-derrière jusqu'au milieu de la piste de glace où Chonchon vient de faire le grand écart.

Pouck Mandranu rencontre la prunelle ferrugineuse, chargée d'intentions, et comme de son côté Pouck Mandranu a un projet analogue, destiné à exterminer l'ample et nauséabonde Anatule, il se contente d'acquiescer lorsque de ses deux bras tendus (bras en forme de courgette), elle lui fait des signes presque obscènes mais qui signifient de l'aider à rejoindre le milieu de la piste.

Que vont-ils faire ?

Un plaisir délicieux, ressemblant à de l'angoisse, s'est répandu sur le front, les tempes, les lèvres doucement carminées de Chonchon ; il a réussi à faire l'autruche anglaise : à savoir, une jambe à la verticale (et l'autre également), le voilà qui tourne tourne tourne, tellement enivré par sa prouesse qu'il ne s'est pas aperçu que miracle, miracle énorme si l'on peut dire (et on peut le dire) Anatule, de son côté tourne tourne autour de lui (disons qu'elle trace une circonférence d'environ un mètre trente autour de Chonchon l'étoile). Anatule (peut-être agie par la rage) est devenue brusquement si alerte que Pouck (Mandranu) l'a laissée évoluer seule avec son tutu en tarlatane rose. Elle tourne elle tourne elle tourne avec une rapidité telle que

Chonchon, fasciné, étourdi, un peu ivre, s'est arrêté au milieu du cercle (1,30 mètre de circonférence). D'Anatule, on n'aperçoit que les deux fesses sanglées dans un collant vert pomme. La tête prise comme par un mauvais vin, Chonchon pense :

— Peut-être s'agit-il d'une reinette d'étang qui aurait brusquement pris du derrière...

Pouck Mandranu, de son côté (c'est-à-dire de l'autre côté de la circonférence), subit la même fascination.

— Cette personne a une mauvaise intention car, par principe, il reste sobre dans ses réflexions.

Peu à peu il se met à comprendre. Anatule est en train d'exécuter ce que lui-même avait projeté. Tourner tourner tourner jusqu'à ce que la glace soit découpée d'un seul coup, et s'effondre avec le bruit d'un couvercle de soupière. Alors, au fond du potage glacé, unique vermicelle affolé, Chonchon disparaît à jamais.

Que faire ?

Pouck Mandranu comprend qu'il n'y a plus rien à faire sauf de sauver sa propre peau, sa peau qu'il baigne chaque jour, telle Poppée, dans du lait d'ânesse. La fureur d'Anatule ferait se battre les montagnes de la Charente. Pouck Mandranu aurait souhaité que le poids d'Anatule se suffise à la faire disparaître... Chonchon aurait laissé faire. Mais ni l'un ni l'autre n'ont prévu l'immensité démoniaque de la rancœur féminine, qu'elle se loge dans 45 kg de chair tendre ou 130 kg de dunes graisseuses.

Que faire ?

Chonchon tournoie en danseuse sur la plaque déjà découpée. Il glapit : « Pouck, Pouck, à moi ! »

D'un revers de main gonflée comme un saucisson italien, Anatule l'a catapulté aux côtés de Chonchon.

Ils disparaissent tous deux en hurlant (disons plutôt qu'il s'agit de petits jappements brefs ainsi ceux des chiots que l'on va noyer). Et telle la fable – une fable parmi tant d'autres – Anatule essouflée, ruisselante, émue comme après une nuit d'amour, conclut :

– Vous dansiez ? eh bien chantez maintenant !

Mais il est également trop tard pour elle : la glace vient de céder sous les lamelles d'acier de ses patins meurtriers.

En fait ce fut la véritable fin du *Titanic*.

Tu as pris une sacrée taille, Éléonore. Parce que ton texte tient le coup et que tu es préposée-aux-concessions-à-perpétuité.

L'intelligence

Accessoire inutile. Elle dévore l'individu cent fois plus que la belle et bonne bêtise.

Éléonore pense
qu'elle a grandi.

Maternité
(5, 6, 7, 8...)

Elle devint vaste comme une tour. Il la trouvait très belle avec ce flux solaire le long des hanches. Voyons, où sont ses hanches minces, si minces ? Plus étroites que les épaules ; avant, elle s'habillait de longs vêtements en tissus mauves et au-dessus, tout là-haut, deux pavots tendres, les épaules... Les épaules semblables à celles des femmes en 1942. La taille – moins de 65 cm –, la ceinture fuschia, à peine serrée. Porte-t-elle un corset 1884 ?

Le corset : il pose un pied contre ses reins et serre, serre, serre.

– Encore !

Elle rit. « Encore » est le plus vaste des poèmes d'amour. Où est la minceur, cette minceur-là, qui fait rebondir les seins, ses seins enceintés ?

– Superbes.

– Tu crois ?

Elle n'est timide que lorsqu'on la complimente. Alors là, oui, elle se tortille dans tous les sens, rentre un bout de joue entre ses molaires solides et mord, mord.

– Tu crois ?

Il croit...

Et le ventre, alors ? Il est ample comme le dôme de l'église Saint-Pierre et sous le dôme de l'église Sainte-Chair, craquent et craquellent et martèlent des coups de tête, des coups de pied, un être minuscule énorme, replié encore, énorme.

– J'aime !

Et aussi :

– Ma douceur. Mare aux grenouilles, grenouilles si douces en boléro de velours (mauve) – mauve assorti à la pointe des seins mauves aussi mais traversés d'un lait si blanc qu'ils rosissent telle une peau de blonde, elle qui a des cheveux si noirs dans le jour et si roux dans ses rêves (les mauvais)... Les mauvais rêves sont comme les mauvaises cartes.

À lui, on avait dit :

– Je vois une femme rousse dangereuse dangereuse.

– Un enfant qui bouge donne l'impression d'une centaine de grenouilles aux aguets d'un crapaud-ténor ?

Seule bouge bouge l'immobilité totale porteuse de hideur bleue. Bleuâtre.

Éléonore, je t'accorde quelques centimètres
de plus. Je te dirai un jour pourquoi.

Les ballons rouges

Quand on lui téléphona que la cérémonie devait avoir lieu à dix heures – cérémonie religieuse – elle hésita longuement devant la Fleuriste-Pompes funèbres de la rue des Moulins-bleus.

La mort d'un Monsieur Bien, couvert d'honneurs, de décorations diverses et qui de plus – le Monsieur – avait eu une place importante dans sa vie, exigeait soit une immense gerbe d'œillets sombres, soit le bouquet austère des iris corrects et noirs, soit les roses étayées sous l'asparagus vert mauve, dont le nom et l'aspect lui rappelaient les algues des marais charentais.

Elle hésitait.

Quant à l'immense gerbe d'œillets ouverts comme autant de prunelles, elle se rasséréna : certainement, le conseil municipal en aurait fait l'offrande ainsi que la famille du défunt. Elle se douta même que les couronnes figées comme autant de cadavres devaient être traversées par les lettres en fer mou, argent ou doré. « À notre collègue et respectable ami. »

« À notre père ami oncle cousin, regrets éternels. »

10 h 20.

Elle bâilla d'énervement et même d'inanition. Il lui reste un quart d'heure, quart d'heure monsieur le bourreau, pour trouver les fleurs, les fleurs et se précipiter à l'église Saint-Ignace (le seul saint qui permette aux femmes fécondées d'enfanter un garçon. Il suffit de crier Ignace Ignace en tournant le pendule sur le ventre qui se gonfle peu à peu).

Qui se gonfle de vie.

Pendant que lui, là-bas dans son cercueil, harcèle les anges de mort...

Il ne faut pas oublier qu'elle a eu droit à son nom sur le faire-part, finement encadré à l'encre noire.

Fille de.

Elle est la fille de. De l'homme qui attend à Saint-Ignace avant la mise en terre. Des fleurs, des hommages. Vite vite vite. Encore dix minutes.

Vite vite vite.

Et soudain elle a un grand cri de gorge, un cri de joie, un Eurêka qui fait se retourner les passants. Là-bas, en face du magasin Fleuriste-Pompes funèbres en tout genre. Là-bas, en face, elle se souvient. Il y a tout juste 10 ans, elle se promenait avec lui, un bouquet de ballons rouges au poing, qu'elle portait haut et fier comme un épervier.

Il lui avait offert des ballons rouges. Pour ses sept ans. L'âge de raison. Sur ce même trottoir où pourrit un printemps hasardeux. Alors vite vite vite, elle se précipite vers le marchand. Toujours le même, dehors par tous les temps. Toujours aussi vieux. Elle ne l'a jamais connu jeune. Il paraît qu'il a presque cent ans, il porte dans le creux de la main une énorme gerbe de ballons qui remuent sous le vent. Des ballons qui remuent sous le vent. Des ballons qui vivent, qui penchent la tête, qui éclatent et disparaissent et qui renaissent. Il suffit de souffler très fort dedans.

Vite vite vite.

Elle achète au centenaire tout l'arbre (92 ballons), tout l'arbre rouge, léger, léger, comme une poignée de nuage. Un parachute à rebours qui va l'entraîner vers le ciel, car le vent se lève, s'élève, l'élève avec eux. Eux, les ballons. – Lui là-bas.

Vite vite vite.

Dix heures moins trois

Le sang aux joues, à bout de souffle mais heureuse – oui, heureuse – ses talons, des talons rouges à pastilles noires comme le dos d'un clown, font clac clac sur les dalles de la morgue Saint-Ignace, non de l'église – enfin, c'est la même chose – et elle n'a que le temps d'accrocher quatre-vingt-douze ballons à la poignée dorée du cercueil. Devant l'assemblée consternée, serrée comme un rang de corbeaux.

Éléonore
ne grandis pas !

Mathilde

Et d'abord, pourquoi, pourquoi, as-tu toujours un prie-Dieu dans ta cuisine ?

Sais-tu que c'est ainsi que l'on pousse un homme à la haine ?

Je sais, Mathilde : tu réponds toujours que c'est à cause des gousses d'ail pendues au plafond et leur besoin de se gonfler d'encens. L'encens qui monte du velours rouge du prie-Dieu.

Je te hais Mathilde, car il y a eu naguère.

Naguère :

Tu m'avais séduit à cause des raisins secs que tu versais dans le potage à l'oseille en guise de croûtons frits.

Or l'oseille acide, arrachée au fer forgé du balcon, enivrait peu à peu mes sens façonnés par l'attente de ton corps éclairé par le fanal (vert oseille) de tes yeux.

Le raisin sec, c'était ton sirop, ta douceur, ton écœurante et totale et fondante douceur. S'il n'y avait pas eu l'oseille, j'aurai péri sous tant de sucre.

Naguère :

À cause de la douceur de tes quatre litres de sang sucré, il m'arrivait de rêver que je me noyais peu à peu dans la mer Morte. Joli cauchemar.

Enfin. Je m'y étais fait. Puisqu'il s'agissait de naguère...

Après notre première nuit ensemble (toujours naguère), je me souviens, Mathilde, avoir été abominablement choqué, parce que, vers 7 heures du matin, assise devant la coiffeuse en verre couleur oseille, tu sifflotais, entièrement nue...

J'ai dit à haute voix :

– Quelle horreur !

Enfin la volupté a envahi d'abord mes orteils parce que j'ai rencontré dans le miroir en inox tes yeux (oseille) pleins de larmes.

Je t'ai jeté la veste de mon pyjama, espérant que tu comprendrais que ma pudeur foncière, ma pudeur de mâle s'offusquait de ce ventre inconnu traversé d'une algue (couleur oseille). J'ai brusquement eu envie d'écraser des framboises, au-dessous de ton nombril extrêmement banal et qui faisait de l'œil au passant que j'étais dans ton miroir. Allais-tu trancher mon sexe révulsé ?

Et puis il y a eu – il y a – sept ans plus tard, ce prie-Dieu face aux placards blancs qui encadrent la machine à laver (l'oseille) et des chapelets de raisins secs et tes sentences inscrites sur la croix en inox.

« Il ne faut jamais mettre de plumes aux abat-jour. Cela donne de l'asthme. »

60

Tout ça Mathilde, parce que Mozart était franc-maçon. Et tu l'as su avant moi.

Si tu n'enchaînes pas, Éléonore, ce sera pire.

1971

Insomnie

... Je n'en peux plus, Mathilde. Voilà cinq ans que tu t'es mise à jouer du violoncelle. Et toujours ce même fa dièse qui régulièrement brise l'ongle de ton médium snobinard, verni, qui fait cling contre la corde.

L'ongle repousse avant que la corde ne saute dans mon potage où surnagent les vermicelles qui représentent l'alphabet. Un potage de curé. Un ongle d'inquisiteur. Un violoncelle de concert. Tu ne t'aperçois pas de ma haine qui fait que chaque jour, avant l'aube, je fais un rêve étrange : je suis violé par un crocodile qui porte le même médium que toi. À part ce rêve, Mathilde, et la brève demi-heure de sommeil qui l'accompagne, *je ne dors plus.* Parce que tu as décidé de relire la *Recherche du temps perdu* trois fois de suite : de minuit à cinq heures.

– Il le faut. C'est indispensable.

C'est ton grand mot, Mathilde : « C'est in-dis-pen-sa-ble. »

Tu laisses la lampe allumée toute la nuit. Tu sais qu'il m'est impossible de dormir avec la lampe allumée. Le crocodile reste tapi dans l'ombre de l'ombre de mon pyjama ivoire, un crocodile court et tiède comme un petit marteau. Une tête de marteau qui fait que le crocodile a un profil de cobra : pan pan pan.

... J'attends, Mathilde. Je patiente. D'un côté il y a *Sodome* et *Gomorrhe* ouvert à la page deux cent et de l'autre les *Jeunes filles en fleur*. Je déteste les jeunes filles. Le crocodile aussi. Il a des tempes bourdonnantes à cause des feuilles que tu tournes tu tournes tu tournes et dès que tu as tourné une page tu la tournes à rebours car tu as oublié ce qui précédait.

– C'est in-dis-pen-sa-ble.

Tu es un peu bête, Mathilde, et ton violoncelle gonfle des flancs de contrebasse sous ton médium.

Une nuit, juste avant l'aube, juste avant que tu éteignes la lumière, enfin épuisée de volupté intellectuelle, le crocodile s'est réveillé plus tôt que prévu et a glissé dans la paume de ma main.

C'est ainsi que, très proprement d'un petit coup de marteau sur la tempe, je t'ai tuée et que la cour d'assises de Montigny-sur-Orge m'a condamné à la guillotine.

Je ne comprends pas...

Bravo ! Éléonore ! Le grand vent ne peut
plus te jeter par-dessus le moulin
de la Charente.

Amour
(l'oursin)

Elle buta sur le mot « Amour » comme sur un oursin. En forme de fleur. Elle appliqua la fleur contre ses yeux et elle devint aveugle.

Avait-elle eu – jadis – une sorte de tendresse ? Elle ne cessait, depuis, de lire et de relire les poèmes de Marceline Desbordes Valmore et quelques œuvres désuètes. Elle ne cessait – depuis – d'écouter le *Century Blues* sur l'électrophone à pavillon. Il lui semblait que cette certaine tendresse (de jadis) se dispersait justement au fond du pavillon laqué en rose vif.

Elle était assez contente. Elle sentait bien que son cœur, après tant d'années, était devenu sec et lisse comme une belle piste de glace. Une méchante petite sérénité avait fait place à toutes ses passions. La délicatesse des poèmes et de la musique (pas n'importe quels poèmes, pas n'importe quelle musique) ravivait son esprit sensible mais ne l'émouvait pas comme la vision de ses fantômes, de ses ombres, minces, ô si minces, de ses hommes... (Les siens, « Jadis »).

Si bien qu'en butant sur la phrase « Il lui apprit à organiser ses papiers, à apprécier la frottée d'ail, à démêler les pierres fausses des vraies. Il lui apprit "l'Amour" »... elle reposa le livre jauni où traînait un pétale de pensée (violette) et elle rencontra l'oublieux, l'oublié, la tendresse, l'irremplaçable : *L'oursin*.

Éléonore, tu deviens banale. Tu as grandi, mais tu es loin du compte.

À l'aube

Toute la grève s'étendait sous un violet mat. Il avait quitté la maison aux tuiles rouges à la fin de la nuit.

Il est parti à cheval. Il aime encore le paysage tant de fois parcouru. Le cheval se nomme Valmore. Il a des yeux tendres et des naseaux furibonds, un pelage fauve plaqué par la sueur quand ils reviennent de leur course le long des vagues. Au début, Valmore avait peur des vagues. L'Atlantique mord les jarrets, les cisaille d'une cicatrice salée, inattendue, où larmoient des coquillages arrachés aux algues.

À l'aube, la morsure est encore plus âpre.

La morsure ?

Il la ressent derrière ses côtes d'homme solide bâti un peu comme Valmore. Une morsure assez curieuse. Il ne retrouve pas dans son passé d'homme solitaire épris de ses terres et de ses chevaux, ce genre d'agression qui ressemble à l'appel corrosif de l'eau entre les rochers.

Il ne se souvient pas d'avoir éprouvé ce spasme

désagréable, avide, bourré d'aiguilles longues comme les aiguilles de pin. Les pins de la lande.

Ah, si, peut-être : une fois – il y a longtemps, il avait à peine quatorze ans – on avait dû abattre Walkyrie la jument noire et lisse comme un piano neuf. Seul, derrière la grange, au moment où avaient retenti les coups de carabine, il avait cru sur le moment que le plomb l'avait atteint tellement la sensation (derrière les côtes) s'était révélée violente.

C'était l'été. À part « la sensation » (affreuse) il n'avait pas gémi, il n'avait pas pleuré.

Il n'a jamais pleuré de sa vie : peut-être parce que sa stature de géant, ses mains à manipuler les haches de bûcheron et ses yeux taillés comme ceux de ses chevaux ne se prêtent guère aux larmes ni aux plaintes.

... Cette aube, décidément, lui est insupportable : les aiguilles ne cessent de picoter autour du muscle lourd qui bat au rythme du propre cœur de Valmore échauffé par ce premier galop.

Ils ont atteint le bord de l'océan. Derrière eux, la lande a le feulement avide des fauves, le feulement de ses troncs gorgés de résine qui coule comme du lait.

... Le ciel a quitté ce violet sombre pour un rose sourd et l'océan se met à cliqueter comme des poignards sous le soleil.

Ils ont ralenti : Valmore s'arrête devant les deux pins morts, couchés en croix, et l'homme entend derrière sa nuque, derrière ses côtes la voix agréable de Marie-Marguerite :

– Si on s'arrêtait là ?

Le souvenir est si vif qu'il est obligé de tirer la bride en arrière. Valmore se met à hennir et galoper. Mais l'homme l'arrête à nouveau et Marie-Marguerite parle encore :

– Viens. Je voudrai regarder la mer. Assieds-toi près de moi.

Il fait le geste de descendre de Valmore, il tend le bras vers les troncs noirs (en croix), il tend le bras vers Marie-Marguerite.

Marie-Marguerite serrée dans sa cape en laine couleur des flancs de Valmore.

– Mon cheval, mon petit cheval à moi.

Le souvenir fut si violent qu'il porta son poing au niveau des côtes (côté cœur).

Marie-Marguerite est partie. Elle l'a quitté. Définitivement. Non, ce n'est pas tout à fait cela : on l'a trouvée dans la grange, couchée comme un long récif brun et ocre aux côtés du beau Lucien de la Puitraye qui avait abattu Walkyrie. D'un geste simple il a tiré sur eux.

Il se souvient des yeux étonnés, très étonnés de Marie-Marguerite.

– Écoute, écoute. Je t'en prie, écoute-moi...

Lucien de la Puitraye dormait si bien que malgré le petit trou dans son front il avait toujours l'air de dormir.

... Marie-Marguerite aussi a l'air de dormir avec un air perplexe et un filet rouge au coin de la bouche (poignée de groseilles sous ses lèvres à lui).

Ce ne fut pas difficile de porter ce corps jeté en écharpe sur Valmore.

De porter ce corps jusqu'aux troncs en croix. Ce

ne fut pas difficile de creuser le sable friable, ce ne fut pas long d'en recouvrir le corps mince, replié en fœtus. (Quant au corps de Lucien de la Puitraye, il avait décidé de l'enterrer dans la grange.)

Marie-Marguerite, il la voulait seule, blanche et froide sous les pins en croix.

– Si on s'arrêtait là ?

Voilà des jours et des jours (des mois peut-être ?) qu'entre l'aube et le plein jour, le plein sang-soleil, le picotement bat son rythme derrière les côtes.

L'insupportable rythme, le rythme des sabots fous de Walkyrie.

Alors, il éperonne Valmore d'un talon désespéré et tous deux disparaissent dans l'océan (Atlantique).

À la mort
(Il était presque midi).

Éléonore quand quand
as-tu grandi ?
Depuis que tu heurtes le plafond,
es-tu toujours
préposée-aux-actes-de-décès ?

Maternité

Quand il entra dans la chambre elle était assise sur le couvre-lit en crochet blanc. Elle avait mis sa plus somptueuse, sa plus vaste robe en satin brodé.

– C'est pour maintenant, dit-elle.

Il lui prit la main :

– Tu as mal ?

Elle murmura :

– Non. Au contraire. Je suis heureuse.

Il s'affaira : vite un taxi, une ambulance. Elle l'arrêta :

– Non ! Allons à pied. Ce n'est pas loin et la nuit est chaude.

Mai ressemblait à un soir d'été un peu cramé avec l'odeur des fraises et de la première pêche qu'il lui avait offerte.

Avant de quitter la pièce, elle retoucha un peu ses cheveux lissés, relevés en chignon et son regard rencontra les bijoux :

– Je vais les mettre. Tous, c'est la fête.

Il acquiesça :

Elle commença par les boucles d'oreilles puis les dix-sept colliers couleur aurore.

Les perles couleurs du temps dans ses cheveux.

Les broches couleur soleil au coin de son corsage.

Les bagues en vermeil autour de chacun de ses doigts.

Quant aux bracelets, elle en avait jusqu'à l'épaule.

Il approuva :

– Tu es belle comme une cathédrale. Elle exigea qu'il sorte les escarpins de bal, en satin mauve, avec des talons moyens et une boucle en strass.

Il ouvrit pour elle le carton barré de papier de soie où s'allongeaient l'éventail en dentelle et les longs gants en soie noire.

Ils se regardèrent : elle était prête. Ils étaient prêts.

Il la prit dans ses bras et ils descendirent ainsi le long du boulevard. Les passants se retournaient. Les réverbères éclaboussaient de mauve leurs hanches et leurs mains.

– Je ne suis pas trop lourde ?

Au contraire, il la sentait légère et fragile comme un chaton des chartreux, possédée pourtant par l'essentielle vigueur.

Leurs yeux croisaient parfois le bitume irrécusable. Ils ne se pressaient pas. La douleur semblait totalement exclue de leur couple. Ils avaient le temps tout le temps d'un parcours de vingt minutes à peine, tout le temps d'écouter les instants les plus grandioses de leur simple histoire. De leur histoire simple.

... Pourtant, sous la grosse lampe entre les murs blancs, ce fut un sabbat étrange dans les reins à un moment donné. Le cri mais bref ô si bref et entre ses mains où plus fort que les instruments de la salle, à ses poignets luisaient ses bracelets, tandis que jaillissait d'elle, beau comme un prince d'Ukraine, tendre comme une fraise des bois, un homme minuscule, le premier fils d'Éléonore.

C'était en mai du côté du matin et tant de cerises avaient éclaté cette nuit-là qu'il fallut des semaines pour en dégager les rues et les routes.

C'était en mai.

Les bracelets, les colliers, les boucles d'oreilles d'Éléonore étaient des cerises dites cœur-de-pigeon.

29 mai 1974, 10 h 45 : le premier bébé d'Éléonore est né.
C'est un fils.
Il est plus grand qu'elle.

Le peintre

La somme que lui avaient demandée les Pompes funèbres générales afin d'obtenir le droit d'enterrer son épouse décédée depuis quarante-huit heures, était trop forte pour sa bourse.

— Je ne possède que cette petite villa et ce bout de jardin, expliqua Hubert Durand à l'homme noir, cireux de teint, jovial de gestes.

— Vendez-les, suggéra, conciliant, le représentant, les coudes appuyés sur un comptoir dont la vitre recouvrait une publicité pour cercueils, élégants fourgons, et caveaux uniplace et multiplaces.

L'homme, davantage perplexe que chagrin – son chagrin était tel qu'il ne le sentait même plus – remonta la rue du Général-Serin, rue principale de cette petite ville de la Charente. Juin faisait éclater mille cerises noires, et en passant la grille de son jardin, il eut envie de croquer quelques cerises de son arbre.

Tout en suçant les noyaux, il réfléchissait. Si l'on peut nommer réfléchir cette lente macération de la même phrase. – Comment faire enterrer Yacinthe ?

Elle reposait sur le vieux lit de bois recouvert d'un drap blanc. Sur la table de nuit, un peu d'eau bénite dans une coupe en inox. La veille, il avait eu la visite du médecin aux mains froides et à la voix douce :

– Un arrêt du cœur. C'était prévisible.

Et celle d'un prêtre indifférent et consciencieux :

« Maintenant elle est heureuse. »

Quelques voisins, davantage agis par la curiosité que par l'affection, trois cousins vite désintéressés par la demi-pauvreté des lieux.

– Excuse-nous mon vieux, on ne pourra assister à l'enterrement. Tu comprends, le travail, etc., etc.

Il acquiesçait à chaque explication – oui oui – et resta seul.

Il joua avec les noyaux de cerises comme s'il s'agissait d'un jeu d'osselets. Il usa de quelques mots modérés pour exprimer son désespoir :

– Nous voilà bien ennuyé...

Du vivant de Yacinthe à chaque fois qu'ils étaient embarrassés, il disait « ennuyés » au pluriel et cette fois-ci son esprit l'avait pensé au singulier. Il ajouta à haute voix :

– Que faire ?

La vente de ses tableaux lui permettait tout juste de vivre et l'homme noir (jovial) avait refusé tout crédit.

– À la rigueur si vous nous payez comptant la moitié on peut vous faire une traite de trois mois.

L'homme avait fait remarquer :

– C'est parce que nous sommes bons. À Paris, il ne faudrait pas y songer.

74

L'un des cousins avait ressuscité la détestation :

— Si tu étais entré dans l'armée au lieu de faire des coloriages, tu n'aurais pas ces ennuis. Tu as de la chance que mon oncle t'ait laissé une maison, etc., etc.

Ils étaient dans la chambre de Yacinthe, ses « coloriages ». Toujours le même thème : des chats.

Bleus, siamois, persans, tigrés, mouchetés, unis. Des longs sauvages chats aux yeux d'or. Quelques passants, l'été, lui avaient acheté ici un siamois, là un tigré. Mais la presque totalité de ses peintures restaient à la villa. Il peignait non sur toile, mais sur planche. C'est ce que Yacinthe nommait à juste titre son « originalité », et son luxe, car il se faisait tailler des rectangles dans du beau bois qu'il polissait lui-même. Chose étrange, Hubert Durand n'avait jamais pu souffrir les chats. Il expliquait cette aversion comme il le pouvait :

— Je préférerais un rat à un chat dans ma maison.

Moins il les aimait, plus et mieux il les peignait.

Il aligna les noyaux de cerises à côté de la coupe où baignait un buis béni. Il fit à haute voix la réflexion suivante :

— Morte, elle fait plus jeune que moi. Par cette remarque, il abolissait les onze ans qu'elle avait de plus que lui – autre reproche de sa famille qui lui avait tourné le dos quand il avait épousé pendant la guerre, cette belle trapéziste de trente et un ans alors qu'il était à peine majeur.

— Elle fait plus jeune que moi, s'obstina-t-il.

Plus jeune, en effet, les cheveux de Yacinthe restés noirs et ses jambes merveilleusement longues et musclées, faites pour le manège périlleux des sauts dans le vide avec pour appui la barre mince du trapèze aux cercles en strass.

Il remit encore une fois les noyaux de cerises dans le creux de sa main et interrogea le beau visage dont les coins de bouche s'écroulaient en deux rides pessimistes.

– Que vais-je faire de toi ? Il cessa de la regarder car il sentit un souffle atroce lui bloquer les côtes et la gorge.

Il décida d'aller voir le maire pour qu'il autorise au moins une simple tombe dans le petit cimetière blanc comme un banc d'os de seiche. Il franchit les marches disjointes de la mairie qui anciennement était une prison et où avait dormi, disait-on, le chevalier de Sainte-Croix amant de la Brinvilliers. Le hall sentait l'intérieur des vieilles tours et des garages désaffectés. Il poussa une porte capitonnée sur laquelle était accroché l'écriteau « Entrez sans frapper » et tomba sur la vieille demoiselle greffière qui somnolait sur une antique machine à écrire. Revêche, mais non laconique, elle expliqua que M. le maire était absent car il inaugurait une salle de sports prévue pour les garçons de Saint-Aignan.

L'adjoint – gros homme, court de jambes, large d'épaules, plat du nez – commença par un flot de condoléances ponctuées de fréquents « un jour ce sera à nous de partir » destinés à consoler le veuf.

Le veuf exposa son problème. L'adjoint pinça ses yeux pâles et ronds, se récria que bien sûr, la commune ne laisserait pas ainsi un de ses concitoyens et proposa :

76

– On peut l'enterrer tout de suite aux indigents.

L'homme demanda faiblement en quoi consistait exactement un enterrement aux indigents. L'adjoint devint prolixe en détails où revenaient sans cesse les mots fosse commune, caisse en hêtre. L'homme accablé ferma les yeux comme sous l'excès de sons discordants et dit « oui oui », « Merci beaucoup ». Il regagna la rue que baignait une lumière quasi africaine.

Quarante-huit heures de plus venaient de s'achever et une vague odeur d'éthylène commençait à se dégager du corps vaguement bleu sous ses cheveux noirs. Mais Hubert Durand n'était plus triste. Il sifflotait l'air de *La Bohème* « Mi chiamano Mimi » stimulé par une émulation de boy-scout exalté. Pendant cinq heures d'affilée, les voisins entendirent force coups de marteau, rabot, grincements de scie et l'air de Mimi. Assis près du lit, Hubert Durand réunissait et clouait tous ses tableaux et construisait une longue et étrange boîte recouverte de chats.

Il fabriqua encore un couvercle parfaitement ajustable à la boîte. Qu'il capitonna avec un beau rideau en satin lourd arraché à la fenêtre du salon.

Il recula pour juger son travail et non sans contentement changea d'air et attaqua « N'est-ce plus ma main ? » de la *Manon* de Massenet. Il avait réussi un cercueil parfaitement original sur lequel il compta quatre-vingt-dix-sept chats. Ce qui faisait cent quatre-vingt-quatorze prunelles, or, vertes et jaunes qui le fixaient. Le peintre eut une réaction logique :

– Dommage d'enterrer tout ça !

L'amoureux répliqua :

– Comme tu vas être bien, là-dedans, ma Yacinthe.

La nuit était venue et il sentit une faim optimiste secouer son estomac. Il dîna d'un reste de rollmops et de pommes de terre sautées :

– Avec beaucoup d'ail. Cela fait venir très vieux.

Comme dessert il termina le saladier de cerises et se fit un très bon café.

– Avec une goutte d'eau-de-vie, la plus fine, la meilleure...

Il alluma un cigare et fuma, se rappela une phrase à propos du général Dourakine, épuisé par une escalade trop téméraire pour son âge :

« Le général fuma avec délices. »

Il lava soigneusement la vaisselle, en prenant garde de ne pas s'éclabousser. Il passa le carreau à la serpillière et enleva ses gants de caoutchouc :

– Au travail, maintenant.

Il était tout à fait nuit quand il acheva de déclouer trois mètres carrés de plancher. À l'aube, il termina de creuser un trou de un mètre cinquante de profondeur. Une lueur bleuâtre s'insinuait à travers les persiennes lorsqu'il descendit la superbe caisse dans le grand trou, puis Yacinthe dans la superbe caisse. À genoux sur le bord de la fosse il ajusta sans difficulté le couvercle et jeta la branche de buis béni sur le tout.

À petits coups de pelle, comme un enfant qui construit un château de sable, il remplit la fosse, l'unifia avec un râteau et remit une à une les planches déclouées. On entendit sonner sept heures à l'horloge de la mairie, lorsqu'il passa les lattes reclouées à la paille de fer. D'exalté, il devint enthousiaste.

Il se passa les bras et le visage à l'eau froide. Une ombre noire envahissait ses joues, mais il ne s'en soucia pas. Il mouilla d'eau chaude le reste de café et fit griller un vieux croûton. Il mangea et but longuement, repris par la fringale de la veille.

– Encore un effort et tout sera en ordre.

Il regagna la chambre et jaugea la solidité de l'antique lustre, vaste comme une nef. Ce ne fut qu'un jeu pour lui d'y accrocher l'épaisse corde, de grimper sur le tabouret du piano et de se passer la corde autour du cou. Il sifflotait l'air de *La Tosca* lorsqu'il se fit basculer dans le vide.

Dehors on entendit un atroce hurlement : mais ce n'était qu'un chat très ordinaire que chassaient les moineaux du cerisier.

Tu aimes bien la mort, dis, Éléonore ?
Mort ou vif, la pie Éléonore picore l'instant.

La pie voleuse

Dites-moi, qui êtes-vous ? Est-ce possible de vous rencontrer ? Est-ce souhaitable ? Aimez-vous certains souhaits ? Les souhaits que l'on souhaite à vos souhaits, vous voyez ce que je veux dire ? Est-ce vrai que les concombres à la croque au sel sont le plat préféré de l'ancêtre le plus lointain du Négus ? Est-ce vrai que le bain à l'eau froide, quand on est enfermé dans une cage en planches, est un bienfait pour les reins malades ? Est-ce possible de se lover au milieu d'un écusson doré ? Est-ce vraisemblable de rabattre les fenêtres de la cuisine au préalable passées à la cire rouge ? Peut-on éventuellement dresser une pile de mandarines, et mettre au sommet de la pile un perchoir à perroquet comme l'a fait Gribouille chez la sophistiquée Mme Delmis ?

Pourquoi est-ce que la théière en argent ne brille plus quand la marée est basse ? Et les clématites du jardin, comment se fait-il qu'elles aient perdu toutes leurs couleurs ? Est-ce acceptable de songer à enlever le buste de Musset pour mettre à sa place celui de Beethoven, celui où il a une bouche, des rides et des yeux qui tombent vers le sol, qui sanglotent tous ensemble ? Et la table à rallonges, comment se fait-il qu'elle soit toujours si courte, aussi courte que les pieds du canapé Louis-Salopard ? Où sont les rallonges ? Est-ce la ménagère à la journée qui les a emportées pour en faire une table à repasser ?

(À suivre)

La vérité : Éléonore est une pie voleuse (de taille), par pensée, par esprit et par action.

Tante Agarite
(La ficelle)

Elle vivait dans une cuisine vert wagon. Elle avait plus de soixante-dix ans et sentait toujours un peu la pomme et la noix. Elle avait épousé cinquante-quatre ans plus tôt l'oncle Louis, un tout petit et brave homme qui bricolait des pendules du matin au soir et lui arrivait à l'épaule. Tante Agarite avait toujours porté des talons plats, non pour décomplexer l'oncle Louis, mais par avarice.

Je n'aimais pas embrasser l'oncle Louis, non par antipathie mais le malheureux avait en toutes saisons une goutte au nez qui se plaquait systématiquement sur ma joue.

Par précaution d'économie, tante Agarite avait recouvert avec de la suédine (vert wagon) son poste à galène et son gros livre de messe.

Tous les matins ils allaient à la messe (la première, celle où il n'y a pas de quête) et à cinq heures, elle quittait la blanchisserie et ses trois employés pour aller au salut. L'oncle Louis suivait par terreur plus que par conviction, une ou deux fois la tante

Agarite ne lui avait pas parlé pendant six mois, parce que, plus fort que l'harmonium, on entendait le tic-tac d'une pendule minuscule qu'il avait emportée avec lui.

Toujours par économie, elle l'obligeait à suivre l'office sur le même missel. À cause de sa petite taille, l'oncle Louis était obligé de grimper sur le banc en bois large de huit centimètres.

Le dimanche à midi, tante Agarite faisait rituellement un rôti de veau. Pour deux personnes (par avarice). Elle lavait la ficelle du rôti choisie en chanvre particulièrement solide et l'étendait dans l'arrière-boutique, entre les draps et les pantalons fendus (à festons).

La ficelle était destinée à être nouée sur les cinquante-deux rôtis des cinquante-deux dimanches cinquante-deux fois jusqu'à la tombe.

La tombe : elle l'avait achetée entre les deux guerres parce que les concessions à perpétuité ne valaient presque plus rien et elle l'avait prise pour une personne :

— On mettra mon cercueil sur celui de Louis.

Elle était sûre d'enterrer l'oncle Louis. Il avait fait la guerre de 1914.

— Je suis sûre, Louis, que les gaz des tranchées t'ont donné un cancer du poumon, seulement tu ne le sais pas.

Oncle Louis acquiesçait toujours :

— Oui, ma bonne amie...

Tante Agarite, à force d'économie, avait acheté leurs parts d'héritage à ses deux sœurs qu'elle haïssait. Il faut préserver le domaine de Papa !

C'était son grand mot « le domaine de Papa ». Elle avait profité de la pénurie de la cadette chargée d'enfants et de malheurs et de la dissipation de l'aînée pour payer leurs dettes chez l'épicier pour l'une, dans les grands hôtels pour l'autre. Elle avait ainsi récupéré « le domaine de Papa », vaste maison aux greniers remplis de pommes et de noix.

Au rez-de-chaussée elle avait ouvert une blanchisserie. Elle lavait à la main et à la baratte.

L'oncle Louis avait déjà eu deux infarctus. Mais aussitôt rétabli, tante Agarite l'obligea à se remettre à ses pendules.

— Il nous faut de l'argent de l'argent de l'argent.

Ce fut l'année où les impôts avaient triplé, au point qu'elle dut licencier deux employées et raccommoder au gros fil les cuirs du livre de messe dont la suédine avait fini par craquer.

Elle en vint à ne même plus repasser la ficelle du rôti et à la laver seulement un dimanche sur deux.

Elle en vint à supprimer le rôti de veau contre une fricassée de museau.

La ficelle était toujours là derrière les quelques draps des quelques rares clients.

— Qu'est-ce que vous voulez, madame Agarite. Avec tous ces impôts, on est bien obligé de se débrouiller seul...

Tante Agarite perdit jusqu'à ses dernières pratiques. Même la femme du sous-préfet qui lui apportait en personne ses beaux draps brodés à la main de son chiffre.

Par restriction, Tante Agarite supprima le museau. Ils se contentèrent de l'oignon revenu dans les restes de l'huile de foie de morue (qui servait jadis à surveiller la croissance de l'oncle Louis). Tante Agarite sombra dans une psychose aiguë qui tournoya autour du phénomène « manque d'argent ».

... Pourtant la France, cette année-là, prit vaguement un aspect de prospérité qui réjouit les moins déshérités. Les impôts diminuaient.

Tante Agarite se contentait de rincer la ficelle une fois par mois avec un dé à coudre d'eau de Javel qui restait de son ancienne affaire. La ficelle durcissait dans sa graisse et prenait au fil des jours l'allure d'une corde. Elle semblait avoir gagné en longueur. La psychose de tante Agarite gagnait en épaisseur. Elle ressemblait à la ficelle. Longue, maigre, dure. L'oncle Louis se rapetissait encore dans cette ombre sèche qui marmonnait tout le jour :

– On n'y arrivera jamais.

Parfois, le soir elle se mettait à raccommoder du linge cent fois ravaudé, contre la vitre de façon à profiter de la dernière goutte de lumière. L'oncle Louis intervenait timidement :

– Mais, ma bonne amie, vous allez user vos yeux. Il vous faudra des lunettes. Ce sera pire.

Alors, elle s'exerça à évoluer les yeux fermés. Au cas où elle perdrait la vue. Elle voulait se prouver qu'elle serait capable de se passer d'une femme de ménage en cas de cécité. Elle passait le café grandement coupé de chicorée pendant trois jours de suite. Elle se servait d'une seule allumette jusqu'à l'extrême limite de la brûlure. Avec quoi allumait-elle l'allumette ?

... Un beau matin, avant les Rameaux, il y eut

dans sa vie ce qu'on appelle la goutte d'eau : une nouvelle. L'État inaugura une TVA sur chaque domaine afin de financer une vespasienne dans chaque ville.

La tante Agarite ne dit rien. Elle mit le petit papier bleu sous le buste de bronze de Napoléon, dit à l'oncle Louis d'aller lui chercher un paquet de bougies afin d'épargner l'électricité.

Puis elle se dirigea dans son ancienne blanchisserie, alla tout droit vers la ficelle, approcha une lessiveuse. Elle renversa la lessiveuse. Monta dessus et se pendit.

Il était quatre heures moins le quart de l'aprèsmidi.

Éléonore, sur ton moulin de la Charente,
tu observes et voles la vie des autres. Pourquoi
diable grandir ? On risquerait de te voir.

Le Négus de La Cacatière

Grâce (ou à cause) de sa petite taille, il vivait dans le poulailler. Il avait toujours affirmé à ma grand-mère Aurore que c'était par goût. Ma grand-mère Aurore, par souci d'équité envers ses domestiques, lui avait octroyé, tout au début de ses services – quelque quarante ans plus tôt – une chambre à côté de ses greniers. Mais le Négus (de son vrai nom Jean-Paul Caillaux) avait refusé :

– Madame Aurore, j'ai besoin de la chaleur des plumes, de l'odeur des plumes, de la couleur des plumes.

Grand-mère Aurore avait consenti jusqu'à lui donner un édredon avec la permission de l'ouvrir sur le côté de façon que le Négus puisse dormir carrément dans les plumes. Il refusa en riant.

– Le poulailler possède une chaleur particulière qui vient de la fiente : c'est bon pour ma bosse.

Il riait en frappant cette dernière, qui d'une part lui remontait complètement l'épaule gauche, et d'autre part avait rapetissé sa taille à celle d'un enfant de dix ans.

Donc, Jean-Paul Caillaux s'installa définitivement au poulailler. Le village le surnomma le Négus de la Cacatière.

Tous les jours, il fendait le bois, frottait les parquets à la main : parfois il disparaissait derrière les meubles et on entendait des ran ran ran qui faisaient songer au bruissement d'un rat en colère : le Négus ponçait le sol dans ses moindres recoins pour faire plaisir à grand-mère Aurore. Il éprouvait une vénération sans bornes pour cette dernière ; parfois elle le trouvait endormi devant sa porte.

Haut à peine comme les chandeliers du salon, il passait des heures à les nettoyer avec du blanc d'Espagne. Les gens de la maison le fuyaient à cause de l'épouvantable odeur qu'exhalait sa petite et difforme personne. La cuisinière (l'énorme Aglaé) lui en avait fait rondement la remarque, le Négus consentit à prendre quelques bains dans la mare aux canards. Ce fut pire ; toutes ces crottes séchées finirent par lui faire une sorte de doublure collée à sa peau, dont la couleur indéfinissable faisait songer à un manteau d'officier S.S.

En effet, la guerre s'était abattue sur le monde, l'Europe, la France, la région, le poulailler. Au début, il y eut un contingent d'officiers ennemis – très terribles et très courtois – qui s'installèrent d'office dans la demeure de grand-mère Aurore. Ils rirent fort, chantèrent haut des refrains qui s'achevaient toujours sur la brève et dure cascade des ah ah ah ah ah ah ah ah.

Le Négus, imperturbable, son chiffon de laine à la main, continuait à faire briller les chandeliers et avait compté les « Ah » : à chaque fois, il y en avait huit.

L'officier principal, amateur d'art et de musique, après chaque dîner, se mettait à jouer *Tristesse* de Chopin au piano dont les touches en ivoire étaient fendues au milieu. Soigneusement, après chaque concert, le Négus remettait sur les touches le tapis vert d'eau dont les franges à pompons étaient assorties à celles des grands doubles rideaux.

Un jour, les officiers vert-couleur-sol-du-poulailler s'en allèrent dans un grand remue-ménage d'engins à quatre roues, et deux roues. L'officier principal salua Grand-Mère d'un claquement de talons accompagné d'une inclinaison de tête qui entraîna son monocle, et il lui dit qu'en remerciement des heures « divines » pendant lesquelles il avait pu jouer *Tristesse* de Chopin, il s'était permis de lui faire un petit présent. Dans un claquement de semelles et d'ordres brefs, au milieu d'un nuage de terre et de poussière, le contingent disparut au bout de l'allée.

Le silence revint.

Mais celui qui ne revint ni de la journée ni de la soirée fut le Négus de la Cacatière. Grand-mère Aurore envoya chacun à sa recherche. D'abord le poulailler. Chose étrange, il était parfaitement propre, nettoyé de ses moindres crottes, passé à l'eau de Javel. Le métayer expliqua à grand-mère Aurore que c'était un cadeau de l'officier principal. Content de son séjour, il avait fait récurer de fond en comble par ses hommes le poulailler de grand-mère Aurore. Pour être sûr que désormais la propreté régnerait dans le poulailler, il avait donné ordre d'égorger toutes les poules soigneusement rangées les unes à côté des autres car l'officier principal avait avant tout le souci de l'honnêteté germanique. Il avait bien expliqué au métayer qu'il s'agissait d'une opération de nettoyage et non pas de vandalisme.

On battit la campagne pour retrouver le Négus. On le découvrit pendu à l'un des gros chandeliers qu'il passait consciencieusement au blanc d'Espagne.

Entre ses doigts il tenait une poignée de crottes dérobées au carnage.

Éléonore, peut-être encore
préposée-aux-actes-de-décès, tu exagères.
Qui pourra arrêter cette croissance
nourrie de la vie des autres ?
Nous nous expliquerons plus tard.

L'air de la Folie

La chanteuse allait attaquer l'air de « la Folie »
des *Puritains* de Bellini, lorsque Édouard de la
Migardière sentit une bizarre impression derrière la
nuque. Il lui sembla reconnaître – le grand décol-
leté de guipure blanche – sa défunte épouse Clotilde
dans la loge en face. Il ferma une fois, deux fois, les
paupières et discrètement se pencha vers Eudine de
Puylamare, son ex-belle-mère.

– Ne vous semble-t-il pas... Il désigna d'un
index recourbé en virgule discrète la loge ourlée de
velours pourpre comme une lèvre bien maquillée.

Eudine de Puylamare pencha un front bovin qui
surmontait un dixième de quintal de poitrine fré-
missante :

– Je ne vois rien, mon ami.

Édouard de la Migardière eut un mouvement
d'impatience : il avait oublié que quoi que l'on
demandât à Eudine de Puylamare, elle répondait
invariablement de sa voix irrécusable :

– Je ne vois rien, mon ami.

Sourd muet aveugle, disent les Chinois.

Les Chinois étaient sa grande terreur et sa grande admiration.

L'impatience d'Édouard s'accrut d'un seul coup :

– Mais ce soir, chère amie, je vous demande de voir...

Eudine de Puylamare ajusta ses jumelles et beugla :

– Je vous assure, Édouard, je fais ce que je peux.

Quelques voisins s'agitèrent :

– Chut chut !

La chanteuse – célèbre – commençait à s'aventurer dans le crescendo dangereux qui devait la mener au contre-ut ou à la mort. La mort théâtrale, bien sûr. Au-dessus d'une bouche en O et de ses yeux révulsés, elle aussi noyée dans une enveloppe de vastes chairs, la chanteuse s'engagea dans la série des *a* et des *i* et des *u* qui faisaient frémir l'assistance.

Mais Édouard de la Migardière semblait hypnotisé par la loge en face. Sa belle-mère lui affirma qu'elle ne voyait qu'un fauteuil vide. Édouard s'indignait :

– Madame, je vous assure qu'il y a Clotilde.

Eudine de Puylamare eut un léger cri qui fit sursauter les voisins des deux côtés.

– Vous êtes fou, Édouard. Complètement fou.

Le mot « fou » se mêla au crescendo périlleux de la chanteuse.

– Que savez-vous de la folie, madame ? s'offusqua Édouard de la Migardière. Que savez-vous de la folie à part tous ces ah dont nous agonit cette énorme vache ?

Pour tomber dans une grossièreté aussi soudaine, il fallait vraiment qu'Édouard de la Migardière fût au comble de la fureur.

Au comble de la fureur, également, ce fameux jeudi, vers cinq heures, lorsque derrière le guéridon chinois, dans le grand salon chinois, il avait abattu son épouse Clotilde d'un sec coup de marteau – un marteau élégant, avec un petit air désuet comme son épouse.

– Était-ce bien nécessaire ? interrogea aussitôt sa conscience timorée.

– C'était inévitable, clabauda son amour-propre.

– Ce n'est quand même pas uniquement à cause de ses terres et de ses millions ? susurra la même dite conscience.

– C'est parce qu'elle t'a fait cocu, trancha définitivement l'amour-propre.

Pour se débarrasser du corps, il l'emmena sur leur voilier et fit croire à un accident en mer. Il bascula dans les vagues le corps de Clotilde vêtue ce soir-là et pour la dernière fois de sa robe décolletée en guipure blanche.

– Madame, je vous assure qu'il y a Clotilde.

L'apparition se figea devant Édouard qui, du coup, se mit à parler carrément à haute voix. Cependant la chanteuse allait aboutir à son contre-ut et on peut dire – et on le dit par la suite dans la gazette mondaine – que l'agitation un peu vulgaire du comte de la Migardière ne se laissa pas démonter par l'imminence du contre-ut.

La gazette signala que, bien au contraire, elle ne

fit qu'accroître en intensité. Le comte de la Migardière, sans doute frappé de folie par son deuil récent, se mit à hurler, plus fort que le contre-ut et en même temps que celui-ci :

– Clotilde que fais-tu là ?

La gazette entra dans les détails et conta qu'à ce moment-là, il y eut un double drame à l'opéra : d'une part, la chanteuse aux yeux révulsés par ce cri inhumain rata totalement le contre-ut, c'est-à-dire que la syncope l'entraîna de tout son long (1,42 m), de tout son poids (83 kg) sur le parquet de la scène, ce qui fit un splash à peine couvert par le trombone tandis que, dans la loge du troisième, le comte de la Migardière, sans que personne n'ait eu le temps de faire un geste, d'émettre une parole, se précipita bras tendus vers le vide, les yeux fixés sur une loge déserte, en hurlant :

– Clotilde, je ne le referai plus. Je passe l'éponge sur votre trahison.

Heureusement juste en dessous, il n'y avait personne, si bien qu'au splash de la chanteuse (célèbre) s'additionna le splash que fit en tombant le comte de la Migardière.

Il mourut sur le coup.

Quant à la chanteuse, elle perdit l'esprit pour de bon.

Eudine de Puylamare ne retourna jamais à l'opéra : elle s'acheta la télévision en couleurs qu'elle regarda chaque soir en mangeant des bêtises de Cambrai.

Éléonore, attention ! Tu deviens narrative,
uniquement narrative !
Ne perds pas tes centimètres.

Quand
J'aurai
J'écrirai

je serai grande
des amants
des romans

La pie voleuse (suite)

Est-il vrai que mon aïeul avait demandé ma sup-
pression parce que j'avais travaillé pendant une
grève ? Est-il vrai qu'être préposée-aux-actes-de-
décès exige un minimum de correction ? Est-il vrai
que jouer de la cornemuse est un « suivez-moi jeune
homme » ? Sonner de la corne, tel est mon but. Il est
indécent à toute femelle de souffler dans une trom-
pette, un saxophone, un cor de chasse, un corps à
corps. Seulement voilà : mon nid de pie contient les
becs, mais non les cors (corps). Toujours imbat-
table, à l'heure des repas, je chante, accompagnée
du cor (sans corps) *Le Ciel a visité la terre* ; musique
de Charles Gounod, paroles d'Anatole de Ségur,
fils de la comtesse de Ségur.
Tarratata, Tarratata Tarratata Ta Ta.

Allons, Éléonore, je suis obligée d'admettre
que les moulins ne sont plus tes ennemis
ni ton refuge. Mais fais moins de bruit,
tu réveilles les moustiques de la Charente.

98

Le clarinettiste

Cet après-midi de l'été 1922 était particulièrement chaud. Je portais une robe sans manches et j'avais enlevé mes bas. Pieds nus dans des sandales, je pédalais en tournant la manivelle de la machine à coudre : juste une couture et ma robe sera prête. Il est cinq heures et j'ai besoin de la robe pailletée pour le concert. À huit heures. Mon père, dans la pièce à côté, est en train de chercher la partition du clarinettiste. Mon père est à la flûte, Maman à la contrebasse et moi-même à l'hélicon. J'ai une grand-tante, dite Eudoxie, aux cymbales, mais comme la famille trouve que cet instrument n'est pas très digne pour une jeune fille (on l'appelle la jeune fille car elle ne s'est jamais mariée), on dissimule la grand-tante Eudoxie derrière les instruments, comme on dissimule une cousine pauvre ou bègue, ce qui est la même calamité.

L'été écrase un paquet de guêpes sur la glycine. Afin de mieux écouter leur bourdonnement enrégimenté, j'ai cessé de coudre. Par la fenêtre ouverte, derrière les rideaux en crochet glissent des flocons d'odeur, le suc miellé de la glycine mêlé au choc violent des grosses roses mauves. Dans la treille courent des aconits et des centaines de petites corolles jaunes (les millepertuis ?). Voyons, quel est le nom de ces corolles jaunes ? La grand-tante Eudoxie qui fait actuellement la sieste au premier étage avec un roman de Marcel Prévost, les utilise pour faire une décoction souveraine pour les brûlures.

Je n'aime guère les après-midi d'été lénifiants qui embrument la mémoire, les réflexes et cette fosse d'instruments où chaque soir on étouffe jusqu'à minuit.

L'été et son manque de bruits.

Bruit ?

J'ai sursauté si violemment que le tabouret du piano dont je me sers à chaque fois pour coudre oscille et glisse. Je le retiens d'une main. J'écoute. Je n'ose me lever. Dans la pièce où mon père cherche la partition du clarinettiste, est parti un coup de revolver, sec, net, violent, j'allais dire « palpable ».

Je n'entends plus mon père froisser la musique et chantonner toujours ce même petit air qui l'obsède : les quatre premières notes de la marche d'*Aïda*.

Mon père et ses soudaines tendances à la neurasthénie... Il possède un revolver soigneusement caché sur un lit de coton, dans le tiroir du secrétaire, en bas duquel s'entassaient les partitions de musique.

Je crie :

— Papa, Papa qu'as-tu fait ?

... Il est blanc comme les pétales blancs des reines-marguerites. Blanc et raide et encore plus raide, son bras est tendu vers les pédales du piano droit et raide, l'autre bras serre la partition du clarinettiste. Il fixe son œil et fige sa bouche ouverte sur un *ah* de stupéfaction et d'horreur.

– Papa qu'as-tu fait ?

Je tends vaguement la main, pauvre petit geste de secours : il est blessé, il va peut-être mourir.

Peu à peu, les muscles s'agitent et dans le bras et dans la main et autour des yeux et de la bouche. Son index désigne toujours les pédales du piano (Pleyel Sons et Cie) et Papa balbutie :

– La pédale, la pédale.

Je me penche.

– Qu'est-ce qu'elle a, la pédale ?

Une flamme. Une grande flamme est sortie au-dessus de la pédale gauche et en même temps que la flamme un grand coup de revolver...

– Tu as entendu ?

Oui. Même que j'ai cru... La pendule à ce moment a gémi cinq heures. On se regarde mon père et moi. D'un commun accord on va chercher dans le buffet Henri II le vin des cent Baumes – composition de grand-tante Eudoxie pour remonter l'esprit de toute émotion – et on boit dans les verres à pied.

– On en parle à Mère ? et à Grand-Tante ?

Non. On décide de ne rien dire. On a posé les verres sur le napperon en dentelle ivoire, on se parle la main en cornet sur la bouche. J'ai même poussé la fenêtre. Il fait lourd. Très chaud. Une chaleur un peu soufrée comme la flamme rouge du piano.

101

J'ai toujours aimé la préparation des pupitres et des instruments avant le lever du rideau. Rituellement grand-tante Eudoxie s'indigne parce que la bougie qui éclaire sa partition s'éteint au premier coup de cymbales et rituellement Mère redoute l'incendie à cause des trop violents coups d'archet du soliste à sa droite. Petite dispute, rituelles mesquineries qui feraient terriblement défaut au moral de chacun si on y renonçait. Le plus gai, le plus facétieux de l'orchestre a toujours été Papa. Aussi la grosse caisse, persuadée que mon père lui faisait la cour, pince une bouche furieuse, car il ne lui a pas coulé un regard andalou par-dessus le *mi* bémol de la petite flûte.

Il est huit heures et trois minutes. Le chef d'orchestre – long homme crépusculaire à la voix monocorde – vient de surgir. Il frappe d'une baguette frénétique le coin du pupitre et d'un ton monocorde murmure que le concert n'aura pas lieu. (Bien que parlant d'une voix à peine audible, il a le don de se faire entendre et écouter jusqu'au dernier rang.) « Notre camarade le clarinettiste s'est suicidé d'un coup de revolver. Aujourd'hui à cinq heures. »

Les moulins, les moulins de la Charente finiront par avoir peur de toi Éléonore !

Magie

Brusquement les portes du buffet s'ouvrirent et toutes les assiettes se dispersèrent d'elles-mêmes autour de la vieille institutrice occupée à corriger les cahiers du cour moyen première année.

Éléonore quand
quand cesseras-tu de grandir ?

Marennes (1969)

L'histoire

C'était un homme qui avait une histoire. Une histoire pas comme les autres. De moins c'est ce que l'on prétendait dans le village. Il avait suffi que quelqu'un dise un jour, à la sortie de la messe :

— Vous savez, « il » a une histoire.

Et voici que l'histoire s'était mise à marcher en même temps que son ombre. L'histoire se joignit d'abord aux joueurs du dimanche, l'histoire se mit à jacasser.

L'histoire se mit à rouler avec les boules et les propos des joueurs et de boules.

Elle roule, l'histoire, elle roule derrière son dos, derrière ses reins, elle va finir par le cogner rudement au niveau des omoplates.

Lui, ne se doute de rien : il continue à marcher dans la ville, à entrer dans les cafés et à s'acheter des Gitanes maïs au débit de tabac avec son gros cigare rouge à l'extérieur de la vitrine. Mais l'histoire (son histoire) entre plus vite que lui, lorsqu'il passe la porte vitrée, tout le monde se tait, tout le

104

monde retient son souffle et se demande comment il fait pour continuer à vivre normalement tandis que l'histoire est là, flagrante, aveuglante, évidente, lancinante. Lui, il dit seulement :

— Un paquet de Gitanes maïs sans filtre et une boîte d'allumettes.

Il ajoute : « s'il vous plaît » et « merci » et « pardon » s'il est obligé de passer devant quelqu'un.

Il est sorti, il remonte la rue centrale, celle qui bifurque vers la gare, le port de la gare et sous le port, les rails et derrière les rails le canal glauque qui ressemble au mois de novembre à un œil crevé.

L'histoire, peu à peu, sort aussi dans la rue et comme par hasard prend le même chemin : port gare rail canal.

Il n'a rien vu. Mais ceux de la ville – malveillants – guettent derrière les carreaux et savent l'histoire, l'histoire derrière sa nuque poivre et sel et la buraliste jette du sel sur deux couteaux croisés pour conjurer l'histoire et l'homme à l'histoire.

L'histoire passe lentement la place de la Mairie et le conseiller municipal enfonce son chapeau jusqu'aux oreilles et lui tourne le dos.

Ensuite l'histoire croise M. l'archiprêtre qui fait un rapide signe de croix tout en saluant poliment l'homme :

— Bonsoir mon fils. Faites attention, les soirées sont fraîches.

L'homme ne comprend pas pourquoi M. l'archiprêtre le met en garde contre le temps puisqu'il porte du matin au soir un imperméable. Un imperméable qui l'isole des intempéries et de l'histoire. Et de plus il a un chapeau. Comme le conseiller municipal, comme le notaire et le droguiste. Il a aussi des chaussures à clous, l'homme n'a pas froid. D'autant plus qu'on est en été.

L'histoire, elle, transpire et suinte un peu des flancs. Tapie contre le parapet, elle est allée plus vite que l'homme et le regarde venir : on dirait qu'il marche au ralenti. Il en met du temps, à traverser la vieille gare désaffectée, et l'ancien chemin de pierre qui indique qu'il y eut jadis une voie ferrée... Mais l'histoire ne peut se contenter de cet endroit désert. D'un bond elle oblige l'homme à virer sur ses talons qui font cric crac et tous deux redescendent vers la place du marché.

Place du Marché : il y a des tables à rallonges et des parasols rouges. Des choux à odeur de pêche et des pêches dans des feuilles de choux. Des fèves tout épluchées et des asticots derrière les abricots. Des blouses en cretonne gris souris qui se balancent sur les portemanteaux en fer-blanc et des piles de sandales en corde fait main. Il y a aussi dans des cartons de Contrexeville des savons de Marseille et du papier hygiénique et sur le gravier rose, tout au milieu de la place il y a l'histoire soufflant des naseaux, seule et humide si bien qu'il est impossible de ne pas la voir. Et tous ceux du marché se mettent à parler avec des sous-entendus et des gestes de la main et l'homme tourne autour de la place, autour des tables à rallonges, autour de la ville, autour de la circonférence de graviers, autour de l'histoire. Et l'homme se bouche les oreilles et se met à crier :

— Ce n'est pas vrai, ce n'est pas vrai, ce n'est pas vrai.

Terrorisée l'histoire se tasse et cherche les trous de souris. Mais la compagnie municipale des égouts a bouché les trous de souris et le droguiste, qui fait lui-même ses courses, s'indigne, son cabas sous le bras, tout en tâtant le cœur d'un chou.

— Je ne comprends pas qu'avec une histoire pareille il ose encore rester là.

— Qu'est-ce que vous voulez, se décourage la marchande de légumes, il a eu un non-lieu.

— C'est toujours comme ça avec les étrangers, conclut la grosse marchande de fromages qui a fait partie du jury.

La mort à neuf voix contre dix. Mais il a suffi d'une seule voix pour l'acquittement.

— On sait bien pourquoi elle a voté le non-lieu.

La ville en a tellement voulu à la patronne blonde et rose du *Café des Sportifs et néanmoins amis*, qu'elle a dû fermer son affaire faute de pratiques.

— Les étrangers, ça devait lui plaire.

— Pour peu qu'elle l'ait aidé à dissimuler le corps de la pauvre Marie-Odile.

— Remarquez, pour enterrer quelqu'un sous les cailloux de la voie ferrée, il faut bien être deux.

— Quelle histoire, quand même !

— D'autant plus que l'autopsie a conclu à la virginité de Marie-Odile.

— Donc, c'est bien ce qu'on a pensé : du sadisme et rien que du sadisme.

– Le scandale, c'est le non-lieu. Alors que les psychiatres avaient conclu qu'il est sain d'esprit...

– Un sain d'esprit, ça se guillotine...

– M. le Maire avait même obtenu l'autorisation de faire dresser la guillotine sur la place, et un mercredi de façon à conserver le jour du marché.

Ce n'est pas vrai, ce n'est pas vrai, ce n'est pas vrai !

... L'homme s'est remis à crier. Ce n'est pas vrai. Et d'abord, Marie-Odile, qu'on se rappelle, on l'a trouvée étranglée avec un lacet de chaussure. Lui, il ne porte que des Pataugas en cuir et à clous sans lacets. Des Pataugas qui s'enfilent d'un seul coup. Le cordonnier a bien été obligé de témoigner que jamais, jamais il n'en a porté de lacets à ses chaussures. Qui a bien pu tuer Marie-Odile ?

– Quelle histoire !

– Comme c'est lâche d'avoir assassiné la pauvre infirme.

– Elle ne faisait de mal à personne. Elle était simple d'esprit et se promenait tout le jour avec un chat en peluche dans les bras.

– Elle le prenait pour son bébé.

– Quand elle venait par ici, le lundi, je lui donnais toujours les épluchures de choux et de pommes de terre. Elle les faisait cuire et avait de quoi manger pour la semaine.

– Le boucher lui donnait les os. Je le sais, je l'ai vu. On l'a dit au procès.

– Nous étions bons pour elle, nous l'aidions à vivre.

– Cette histoire est une insulte pour toute la ville.

Ce n'est pas vrai, ce n'est pas vrai, ce n'est pas vrai !

... L'homme à l'histoire crie tellement qu'on ne s'entend plus. Les commerçants sont obligés d'employer un haut-parleur pour vanter leurs produits :

– Et en plus, il gêne le commerce.

– Quand on a une telle histoire sur les reins, on ferait mieux d'être discret...

– Et surtout de disparaître disparaître disparaître.

... L'histoire échevelée dégoulinante affreuse se met à empoigner l'homme à la gorge. Au milieu de la place. Il n'essaie même plus de se faire entendre. Sa bouche prononce les syllabes Ce-n'est-pas-vrai, mais aucun son n'en sort. Il tourbillonne sous le soleil de midi glisse à genoux. L'histoire l'étouffe, et derrière les stands, les commerçants se dépêchent de vendre le maximum.

On ne peut s'imaginer à quel point c'est tenace, une histoire. Pire qu'une tache de sang. On a beau la laisser tremper dans de l'eau, du vin, du vinaigre, elle réapparaît toujours : brune, opaque, olivâtre, une histoire olivâtre comme le front de Marie-Odile pendue au parapet de l'ancienne gare, parce qu'il faut dire que Marie-Odile en avait assez de crever de faim et des quolibets des enfants de la ville. Alors elle a tressé une corde avec les bouts de lacets trouvés dans les poubelles du cordonnier et si l'histoire a inventé un sadique, c'est que l'on a trouvé le chat en peluche proprement enterré sous les cailloux de la voie ferrée. Et si on a arrêté l'homme, c'est parce qu'il a suggéré :

— C'est normal qu'elle ait enterré son chat. C'est la seule chose qu'elle aimait.

L'histoire a commencé à parler à mots couverts. Elle a terrassé totalement l'homme qui expire au milieu de la place.

Ne me dis pas Éléonore que tu es en train d'écrire un roman ? As-tu songé que rien n'est plus laid qu'une fille trop grande ?

Cours de zoologie,
ou la fonction de l'intestin du moustique.
(Lycée de La Rochelle, 1963.)

Le ménage

L'homme qui devait mourir et le savait ouvrit le frigidaire. Depuis plusieurs mois il était accoutumé à ces fringales soudaines dues à son cancer.

Son cancer, il le traitait avec une politesse circonspecte et oublieuse : il savait – par souci de lucidité – l'échéance de sa mort.

– Six semaines maximum, finit par avouer l'hépatologue – long homme désolé, au crâne dégarni taché de plaques rousses ainsi que ses doigts qui faisaient tap tap tap à l'endroit du foie.

– C'est-à-dire que ce n'est pas exactement un cancer du foie, pas exactement... s'anima l'hépatologue, brusquement repris par la passion scientifique, et il se précipita sur les radios : il montra, démontra, cerna la tumeur, l'expliqua, la commenta, la loua comme une chose exceptionnelle exceptionnellement virulente.

– Oh c'est une tumeur très rare, admira-t-il.

L'homme à la tumeur tombait peu à peu dans une allégresse sans âge, il lui semblait avoir retrouvé, d'une certaine manière, l'enfance et ses brusques emballements devant un jeu de construction ou un puzzle coloré, difficile à réussir : la cigale et la fourmi et la complication soudaine parce qu'il lui était impossible d'achever la tête de la fourmi.

La tumeur n'a pas le moindre défaut. Le praticien la dessine sur une ordonnance vierge : il la dessine avec enthousiasme et précision. Il n'a oublié aucune de ses ramifications et l'homme condamné applaudit, conscient de son atroce possession.

L'hépatologue consciencieux lui a même donné la date de sa mort :

— Attendez-vous à l'événement entre le mardi 11 et le vendredi 14...

L'homme sourit, soulagé :

— Ouf. Ça ne sera pas un vendredi 13. J'ai de la chance...

Il lui reste encore une petite semaine. Le temps de tout mettre en ordre.

L'homme a une passion un peu maniaque : le ménage.

Il se parle crûment :

— Je ne peux pas crever avant que tout ne soit propre.

Célibataire obstiné – vieux garçon – l'homme a toujours refusé d'introduire qui que ce soit dans la maison afin que tout reste et à jamais dépoussiéré. Une netteté chirurgicale dont témoignent le buffet frotté au blanc d'œuf, la carpette brossée à la main, les pieds de table passés au chiffon de laine, les murs nettoyés à la lessive Saint-Marc, les glaces recouvertes d'un torchon propre afin d'éviter qu'elles ne se ternissent, les bronzes enduits de blanc d'Espagne, les assiettes à chaque fois emballées d'un emballage neuf, les chandeliers aux pieds à jamais entourés de papier lui-même constamment repassé à la pattemouille et surtout le petit lit de camp placé dans le couloir afin que l'homme ne salisse pas sa chambre à coucher.

Depuis des années, il dort enroulé d'une simple couverture de soldat pour laisser intacts les draps et les sommiers de la grande chambre au lit à baldaquin.

... Aussi est-ce sur le petit lit de camp qu'il a décidé de finir, lui et sa tumeur si singulière.

Il a mis à proximité du lit dont il époussette les pieds en fer-blanc avec un plumeau turquoise, le frigidaire branché sur transfo et deux fois par nuit il dévore du poulet froid avec des cornichons. Il dévore le blanc du poulet parce qu'il lui semble être le plus propre. Son étrange tumeur ne le fait pas souffrir, aussi lui arrive-t-il de l'oublier totalement : seule la poussière – la menace de la poussière l'obsède.

Il a téléphoné aux pompes funèbres et d'ores et déjà il a commandé un triple cercueil afin de bien isoler son cadavre de tout microbe, intérieur et extérieur. Il a fait colmater les parois de la fosse avec un ciment synthétique, aseptique. Et lorsque les pompes funèbres lui ont téléphoné qu'il allait inaugurer une pierre tombale venue d'Amérique composée d'un matériau très scientifique qui sert à isoler la bombe atomique de tout microbe, il sentit monter en lui une zone de pur délice.

Le matin du mardi 11, il se tâta pourtant ; il était bien vivant et eut un soupir de soulagement : il allait avoir le temps de tout frotter, tout laver, tout essuyer, tout astiquer, tout brosser, tout poncer, tout récurer.

Il sifflota. Il enfila les gants en caoutchouc, cerna ses reins avec le grand tablier de tâcheron, enferma sa calvitie – néanmoins ornée de quelques cheveux – avec un bonnet hermétique afin d'empêcher que lesdits quelques cheveux ne tombassent malencontreusement. Il vaqua au grand ménage.

Il retourna le bas de ses pantalons de golf qu'il retint avec deux pinces à linge, il entoura ses Pataugas avec deux poches en Nylon, et à quatre pattes sur le plancher il commençait à brosser lorsque le téléphone sonna.

L'homme posa avec précaution la brosse, elle-même protégée par une housse en Nylon, et décrocha.

... Au bout du fil, diffuse, la voix de l'hépatologue. Une voix tellement consternée, traînante de sanglots qu'il crut qu'il y avait erreur et insista sur des « allô » « allô » inquiets.

Mais non. C'était bien l'hépatologue, c'était un hépatologue désespéré qui lui annonça au milieu de ses hoquets qu'il y avait eu erreur totale dans le diagnostic, qu'en fait le laboratoire, par distraction, avait radiographié, à la place de la si singulière tumeur, un cendrier Du Beau, Du Bon, Du Bonnet en forme de perroquet. Que la tumeur n'existait pas, l'homme n'avait absolument rien. L'hépatologue hoqueta :

– Je suis navré, navré... et raccrocha.

Alors l'homme eut une étonnante réaction : il urina, déféqua, partout dans sa maison si propre, et se roula dedans, et pour la première fois de sa vie, dans sa chambre devenue abominablement souillée et malodorante, il éclata en sanglots comme tous ceux qu'accable une guérison.

Éléonore, tu as brisé l'aile d'un moulin
de la Charente en passant dessous.
Que se passe-t-il ? Serais-tu promue chef-des-
préposés-aux-actes-de-décès-à-la-mairie ?

L'alliance

Quand il lui demanda de l'épouser, Mlle Julie Nassau-Ablette ne broncha pas. Malgré la grande chaleur, elle portait des bas à coutures, des talons fermés et un gilet boutonné par-dessus le très correct chemisier en cretonne uni blanc comme une toile de parachute.

Toujours par souci de correction – Mlle Julie Nassau-Ablette était la correction même –, elle inclina la tête, non pas en signe d'assentiment définitif mais pour marquer et faire remarquer qu'elle était sensible à un témoignage aussi considérable de la part du richissime Sébastien Van Herzl de qui elle tapait le courrier (enfin, une partie du courrier) depuis cinq ans.

Sous la tonnelle de la gentilhommière les guêpes bourdonnaient autour des restes du melon au porto. Un cyprès (fantaisie du richissime S.V.H.) se dressait, seul et bleu au milieu de l'allée creusée trois fois par jour les pneus de la Daimler gris souris.

Mlle Julie Nassau-Ablette se permit de chercher une cigarette, geste arraché sans doute par l'extrême émotion. Seule vulgarité chez elle, elle sortit de son sac une grosse boîte d'allumettes de cuisine. Plus prompt qu'elle, le maître d'hôtel en frac du même bleu que le cyprès, craqua un briquet en or. Mlle Julie Nassau-Ablette dit « merci » et fuma à petit bruit en chassant des pffu pffu de fumée (bleue). Ses mains, seule perfection de sa personne, étaient minuscules et mobiles.

Les taches rousses sur ses pommettes échauffées vite par le soleil de quatre heures.

Du richissime S.V.H. on apercevait le profil que la littérature nomme chevalin. Il manquait pour que le terme « chevalin » soit entièrement justifié, il manquait à ce profil quelques millimètres de menton et un bon centimètre de nez. C'était plutôt une ébauche de « chevalin ».

Mlle J.N.A. portait des bas en dépit de la forte température, le richissime S.V.H. était recouvert jusqu'au menton trop bref par une couverture de laine des Pyrénées dites orientales.

— Consentez-vous à devenir mon épouse ?

Un nuage de guêpes corsetées en blond chantait dans le cœur aussi blond des reines-marguerites. Mlle J.N.A. écrasa sa cigarette dans la soucoupe de porcelaine de Limoges contre laquelle frappait un rayon aigu de soleil en forme de flèche. Le maître d'hôtel versait un café extraordinaire dans les tasses à la transparence de coquillages.

Rituellement, Mlle J.N.A la tendit à M. S.V.H. qui rituellement refusa :

— Non, merci. Mon cœur ne le permet pas plus que mon médecin.

Il s'arrêta sur le mot « cœur » et un silence gorgé de pollen et de l'odeur des pêches lourdes s'abattit au-dessus de la couverture en laine des Pyrénées (orientales).

Il semblait que le richissime S.V.H., qui avait entraîné à la ruine plusieurs hommes d'affaires new-yorkais et poussé au suicide trois manitous japonais, fût frappé d'une brusque timidité. La très correcte J.N.A. attendait, les mains sagement croisées. Elle fronçait légèrement ses sourcils rouges comme lorsqu'il lui dictait une lettre difficile destinée à abattre une entreprise ou à renflouer plusieurs usines.

Quand Mlle J.N.A. ne trouvait pas la formule exacte, elle se contentait de porter ses doigts à son cou sur une petite médaille de Lourdes représentant Bernadette à genoux devant la grotte miraculeuse, et miraculeusement le mot en couperet de guillotine surgissait sous ses ongles sans vernis.

Ce fut avec la même petite nervosité qu'elle tritura quelques secondes la médaille bénie.

– Non que je vous aime, expliqua le richissime S.V.H. (je n'aime personne). Mais j'ai un constant besoin de vous.

... Car elle venait de murmurer (mais d'une voix, néanmoins intelligible) le oui soufflé par sa médaille et sa cervelle bien organisée :

– Aucune secrétaire, aucune mère, aucune épouse, aucune infirmière ne saurait avoir votre patience et votre efficacité. Tant pour mes affaires que pour moi-même, poursuivait la voix agréable. Tout comme moi, vous avez débarrassé votre cœur des sentiments superflus que je juge comme autant d'accessoires inutiles, dangereux pour le travail et la tranquillité d'esprit (indispensable au bon rendement). Le mariage est un contrat intéressant avec lequel je suis sûr de m'attacher définitivement votre collaboration.

Il insista sur les deux « l » de collaboration, soucieux de la bonne orthographe. Il avait complimenté une seule fois dans sa vie et ce compliment s'était adressé à Mlle J.N.A. pour sa parfaite orthographe. Totalement rouge, non par timidité mais par sa nature de rousse, elle avait répondu dignement :

– La bonne orthographe est indispensable à la bonne éducation.

Elle avait légèrement déformé le proverbe chinois : « Avec une bonne orthographe on passe partout. »

Aussi est-ce avec ce grand souci des convenances qu'elle répondit non pas un simple « oui » comme une amoureuse, c'est-à-dire une mal élevée, mais :

– J'accepte et je vous remercie, permettez-moi d'agréer à la demande dont j'ai le très grand honneur, etc., etc.

La réponse fut plus longue que la demande et d'un signe de tête, le richissime S.V.H. l'abrégea tout en l'approuvant comme il abrégeait (tout en approuvant) les textes extrêmement courtois qu'elle écrivait pour signaler aux hommes d'affaires adverses qu'ils venaient être ruinés.

Cinq heures de l'après-midi tarit brusquement l'excès du soleil. Le richissime S.V.H. décida de fêter leur accord.

Il fit apporter une vieille « veuve Cliquot » ainsi que l'électrophone à pavillon. Il voulut écouter *Twenty Century Blues* et remplit les coupes du champagne, rosé tel l'intérieur des mains de Mlle J.N.A.

L'air du disque en cire noire durait exactement deux minutes trente-cinq secondes et comme c'était un jour exceptionnel, Mlle J.N.A. consentit à écouter la seconde face : *Stormy weather.*

Après les cinq minutes et deux secondes consenties à la « fête », Mlle J.N.A. rangea le disque, repoussa les coupes, fit un signe discret donc correct au maître d'hôtel :

– Il est cinq heures huit minutes, c'est l'heure des prothèses de Monsieur.

Le maître d'hôtel apporta les deux jambes et les deux bras venus d'Amérique (du Nord) que Mlle J.N.A. vissa très respectueusement sur le très richissime S.V.H. Car à cinq heures trente précises, il recevait trois magnats du pétrole, et un homme sans jambes et sans bras, fût-il Rockefeller (et M. S.V.H. était encore davantage) conclut généralement moins bien ses affaires. Mlle J.N.A. était indispensable pour visser les prothèses trois fois par jour et six fois quand il y avait un congrès.

Mlle J.N.A. était la seule amie qui n'avait jamais exigé d'un homme la chose horrifiante qui nécessitait la présence constante de la prothèse du bras gauche :

... une alliance.

Éléonore, tu as trouvé la ruse pour grandir :
elle se nomme « Recommence ».

La pie voleuse
(suite sans fin)

Je touche mes murs, je descends mon escalier, je frôle mes tableaux, j'effleure les touches de mon piano, j'écoute ma musique (*Allah's Holliday*), j'ouvre mes livres (*Le Journal d'un curé de campagne*), je coupe la chaleur de ma maison avec mon éventail. Je me vautre dans mes fauteuils, je roule sur mes souvenirs, je m'enroule dans mes couvertures, j'ouvre mon secrétaire et tombe sur les lettres d'amour et mes actes de divorce et les portraits de mes maris et les télégrammes de mes amants et les injures de mes cousins. Je tire mes rideaux, je regarde par mes fenêtres avec vue sur mon jardin et dans mon jardin il y a mes pommiers mes cerisiers mes vignes mes tonnelles mes chaises (de jardin) mon parasol mes haies, mon épouvantail qui chasse mes moineaux, qui s'acharnent sur les noyaux de mes cerises, mon gravier blanc et rose et gris, ma vasque où nagent mes poissons, mon hamac tressé, mes escargots mes araignées mes guêpes mes papillons mes fourmis ma poussière mes microbes et mon air.

Je prends ma casserole parmi mes casseroles poêles et faitouts. Je mets de mon eau dans ma casserole sur ma cuisinière qui chauffe avec mon charbon contre lequel je craque mon briquet. Je fais bouillir mon eau qui vient de mon puits. Je mets dans mon eau mes poireaux et mes carottes arrachées de ma terre et du lait de mes vaches et du sel de mes marais. Sous le vent j'entends craquer mes tuiles ma cheminée mes gouttières où s'égarent et s'agitent mes rats mes souris mes écureuils mes chats.

Je descends dans ma cave chercher mon vin de mon tonneau et je bute et culbute contre mon meurtre mon beau mon somptueux meurtre ma famille égorgée par mes mains, pendue dans mes placards derrière mon soupirail et je me jette avec mon rire sur mon héritage et mes remords qui n'ont rien à voir avec mes regrets.

Éléonore par-dessus les moulins !

La cathédrale engloutie

Mme de Saint-Jumien n'attendait personne cet après-midi de juillet. La chaleur était suffocante, elle avait fermé à demi les contrevents de la vaste, luxueuse et austère demeure laissée par son défunt époux. Celui-ci – ancien sous-préfet décoré de la légion d'honneur – reposait, indifférent depuis trois mois, au milieu du petit cimetière (néanmoins célèbre pour avoir comme hôtes deux colonels, trois généraux, une institutrice qui avait sauvé plusieurs enfants de la noyade et s'était noyée elle-même, deux anciens combattants définitivement combattus et un héros. Sur la tombe de ce dernier, d'ailleurs, il n'y avait pas d'autres commentaire que Ci-gît un Héros).

Les personnalités des environs étaient venues à l'enterrement de M. de Saint-Jumien. Sa veuve avait reçu avec dignité les condoléances de ses ex-amis et ennemis rassemblés, pacifiés pendant ces quelques heures privilégiées que suscite une mort.

Entre les lourdes couronnes d'œillets rouges traversées par le ruban violet « À notre ami regretté chevalier de la légion d'honneur mais possédant

124

néanmoins la rosette, etc., etc. », Mme de Saint-Jumien aperçut M. Van Park, riche industriel de cette province prospère, renommée pour ses vaches, son lait et naturellement son beurre salé, sans sel, demi-sel. M. Van Park est l'inventeur d'un appareil étrange et spécialisé pour baratter le beurre en un temps record. M. Van Park possède toutes les usines à barattes et sur le papier glacé du beurre demi-sel (etc.) il y a – de même que l'on voit la tête de Boileau sur les billets de cinquante francs – son profil au nez vigoureux, son œil unique – encore perçant en dépit de ses quatre-vingts ans – un visage entièrement couturé par la petite vérole. Une pénible maladie touchant la prostate fait de l'énergique M. Van Park ce vieillard courbé que Mme de Saint-Jumien a du mal à reconnaître.

... Il lui a saisi les deux mains avec des « Ô ma bonne amie, comment est-ce arrivé », Mme de Saint-Jumien ne peut s'empêcher de demander :

– À qui ai-je l'honneur ?

M. Van Park ponctue désormais ses phrases d'un ah ah ah comme si un hoquet douloureux le suffoquait entre chaque mot. Un « ah » que nul ne lui connaissait encore.

– Comment ah est-ce ah arrivé ?

M. le Conseiller municipal murmure à l'oreille de Mme de Saint-Jumien :

– Qu'est-ce que vous voulez, la prostate... Il a beaucoup baissé ces derniers mois...

Mme de Saint-Jumien se sentait la maîtresse dans sa propre maison. Le sous-préfet ne l'avait pas rendue particulièrement heureuse : souvent parti et toujours accompagné par des dames plus jeunes, pendant les trente-cinq ans de vie commune il délaissa son épouse. On ne peut dire que Mme de Saint-Jumien souffrît de son veuvage. Elle put, au contraire, se remettre à jouer du violon alto sans entendre derrière son dos la voie aiguë et bien connue :

– Vous raclez, ma chère. Vous raclez et combien mal.

L'habitude de jouer par cœur *La Prière de Werther* fit qu'elle ne songea plus à ouvrir les contrevents. Droite au milieu du grand salon, Mme de Saint-Jumien attaqua la mélodie avec enthousiasme. Elle avait posé l'archet de rechange sur son roman favori relié en maroquin rouge : *Zaïde* de Mme de Lafayette. Avant le *la* traditionnel, elle relut la phrase qu'elle préférait dans *Zaïde* : « Enfin l'ayant trouvée un soir dans le cabinet de la Reine, où il y avait peu de monde, il l'accapara avec tant d'ardeur et de respect de lui apprendre les dispositions où elle était pour lui qu'elle ne put le refuser. » Traditionnellement, Mme de Saint-Jumien songea à haute voix :

« Quelle extraordinaire souplesse dans l'expression. »

Elle achevait le mot « expression » lorsqu'elle entendit frapper au contrevent. Un petit coup de canne. Pan Pan. Une voix connue :

– Êtes-vous là ah ah, chère amie ?

Elle s'attendait si peu à la visite de M. Van Park qu'elle resta l'archet en l'air, le violon sous le menton. Elle offrit à M. Van Park un fauteuil à médaillon.

Mme de Saint-Jumien avait encore son archet à la main lorsque M. Van Park du bout de sa canne nouée travaillée sculptée fignolée raffinée souleva l'ourlet de sa robe noire.

— Eh bien, chère amie, ah ah, avez-vous toujours vos varices ?

Elle ne songea pas à le traiter de malappris. Elle était obligée de reconnaître que dans cette réflexion entrait beaucoup de sa faute à elle : il lui revint à la mémoire les nombreux dîners organisés par son défunt pendant lesquels, invariablement, elle expliquait à ses voisins immédiats que grâce aux potions de l'abbé Souris elle se portait comme un charme :

— Il n'y a guère que mes varices, hélas.

Les malintentionnés du pays l'avaient surnommée « Mes varices hélas ».

Mme de Saint-Jumien avait fait venir de Paris des bas fumés qu'elle portait été comme hiver. Des bas dont la propriété était de guérir les varices grâce à un système ingénieux de fibres provoquant un constant massage.

— Chère amie, ah, ah, continuait M. Van Park, je vous ai fait parvenir un quart de quintal (il parlait toujours en quintaux) de plaques de beurre (sans sel à cause ah ah de vos varices).

Il exigea brusquement qu'elle lui joue *La Cathédrale engloutie*. Elle eut beau protester – cher ami, c'est une pièce pour piano – il se passa un phénomène étrange, proche du mauvais rêve, voire du malentendu : M. Van Park sortit son revolver de sa poche et le braqua sur Mme de Saint-Jumien :

– *La Cathédrale engloutie*, vieille salope, ou je te descends.

Elle eut un soupir désespéré : c'était le jour de repos de son personnel. Si au moins son majordome – petit homme laconique et brutal – était là.

M. Van Park ne perdait pas de vue ses exigences :

– Vous allez ah ah monter sur le guéridon et jouer *La Cathédrale ah ah engloutie*. Je verrai ainsi vos varices car vous allez ah ah enlever vos bas et je jouirai d'un spectacle unique ah ah tant par la vue que par l'ouïe.

Il était redevenu d'une grande courtoisie jointe à la plus extrême férocité.

– Quand vous aurez achevé ah ah *La Cathédrale engloutie*, vous recommencerez.

... Cela dura jusqu'à l'aube. M. Van Park avait enroulé les bas (fumés) sur chaque bras du fauteuil Louis-Philippe.

Pendant quatorze heures d'affilée, Mme de Saint-Jumien, debout sur le guéridon aux pieds tordus joua la première phrase de *La Cathédrale engloutie*. Quand cette phrase était achevée, comme elle ignorait la suite, elle recommençait les huit notes, ainsi de suite jusqu'au soir, jusqu'à la nuit, jusqu'au petit jour. M. Van Park frémissait d'exaltation, les doigts cramponnés sur le revolver. Dès que Mme de Saint-Jumien faiblissait, ivre de fatigue, il devenait à nouveau très vulgaire :

– Encore, salope, encore.

Le sous-préfet, du haut de son cadre en bois barré d'un velours noir, put suivre d'un bout à l'autre le spectacle particulier de sa sous-préfète sans bas. M. Van Park s'exaltait :

— Dix-huit, ah, ah, dix-huit varices, chère amie. Vous en avez dix-huit et bien dispersées ah ah dispersées comme les taches sur mes chiens de chasse... se mit à hurler : « Kaï kaï kaï. » comme un chien à qui on écrase la queue.

— Chère amie ah ah, vous me déchirez, vous me labourez le cœur avec votre archet. Vous souvenez-vous quand nous avions six ans tous les deux. Nous allions ah ah chercher le lait à la ferme avec le pot en fer-blanc. Je vous appelais ma chaussette parce que votre prénom est Josèphe. Vous portiez ah ah déjà des bas fumés, sous des chaussettes. Des chaussettes tricotées à la main aux quatre aiguilles, avec au bout de l'orteil, le petit bout de laine de la finition... Je vous haïssais déjà, chère amie, pour ce petit bout de laine qui dépassait de vos sandales comme une pince de scorpion. Car vous êtes un scorpion, un scorpion, un scorpion...

Le mot « scorpion » se tordait dans sa bouche, devenait la bête venimeuse prisonnière d'un filet. Mme de Saint-Jumien porta la main à son cou :

— Ma crise... ma crise...

Elle avait le cœur faible et nul ne le savait car elle le dissimulait par une sorte de snobisme de la bonne santé, derrière les fioles de l'abbé Souris.

Elle brandit l'archet deux ou trois fois, glissa du guéridon sur le tapis persan. Elle était morte. Derrière les contrevents toujours clos passa un rayon bleu. Le jour allait venir. M. Van Park rangea son revolver (en fait un briquet) et sortit, avec sa canne. Il gagna la pelouse mouillée d'un pas de jeune homme. Il se sentait bien. Il était heureux. Il rejoignait une zone allègre, euphorique entre l'enfance et l'adolescence. Il avait enfin réalisé son phantasme. Faire jouer au violon *La Cathédrale engloutie* à Mme de Saint-Jumien sans bas jusqu'à ce qu'elle tombe raide et morte au pied d'un guéridon chinois.

Il a fait parvenir une gerbe immense d'œillets rouges au cimetière avec « De la part de Benner Van Park ».

L'année suivante, il eut la rosette.

Éléonore, ne deviens jamais
une rosette fumée.

Les beignets aux pommes

Il escalada le talus. De sa fugue il ne restait guère qu'une manche arrachée, une éraflure du coude et un lacet perdu.

Sauter ainsi du fourgon cellulaire et gagner la campagne avec autant de facilité, cela tenait des films accélérés au temps du muet.

Il dit : « je suis libre », contredit immédiatement par une voix raisonnable et lointaine :

– Pas encore, pas encore...

Août avait grillé les champs qui bordaient la route nationale. Au loin, quelques fermes. Il obliqua vers le petit bois sur la gauche.

– Et après ? poursuivait la terrible voix raisonnable et raisonneuse.

– On verra bien, répondit l'écho.

De caractère fataliste, nerveux, toujours prêt à croire aux signes, au hasard, au destin. Bref, un tempérament inquiet.

– Le psychiatre nous aidera à plaider l'angoisse... l'avait rassuré son avocat.

L'intelligence de Christobal Durand était évidente. Les jurés, à l'unanimité, votèrent la mort.

– Meurtre avec préméditation. Meurtre ? Ah oui, ses deux pouces élégants autour du cou de Noémie. Pourquoi, déjà ? Aucune cause, aucune raison valable ni visible sauf que Noémie ne recousait jamais ses ourlets.

– La voir dans le jardin, sous la tonnelle, à table, assise, allongée, debout avec ce petit bout d'ourlet défait. M. le Président, ce fut la goutte d'eau lorsque le jour de notre quinzième anniversaire de mariage, elle s'est levée de table, elle a gravi les marches de ce restaurant, je n'ai vu que ça : le petit bout d'ourlet défait, au-dessus des chevilles.

– Idée fixe, obsession, intervint avec véhémence le jeune avocat, rouge aux pommettes et les prunelles bleu faïence.

– Sadisme, trancha le procureur (physique ingrat, mais dont l'argument l'emporta dans l'esprit des jurés).

– Si ce moustique arrive à sortir, je suis sauvé marmonnait Christobal dans son fourgon qui l'emmenait trois semaines plus tard vers la guillotine. Depuis trois quarts d'heure, un moustique se débattait contre le grillage de la porte arrière avec un ronronnement aigre, aigu, insupportable. Aussi soudainement qu'il était entré, il disparut :

– C'est un signe, conclut Christobal qui ne fut pas étonné, lorsque après avoir franchi le passage à niveau, la porte arrière s'ouvrit d'elle-même, et par hasard (le hasard du signe) les deux motards étaient à l'avant.

Avant de sauter tranquillement sur le chemin, Christobal porta ses doigts raffinés, ses doigts faits pour tirer des sons de la harpe, à la médaille qui ne le quittait jamais ; son signe astrologique en or fin.

– Verseau. Les Verseaux sont des gens brillants, des hommes du monde. Attention à la maison des déboires...

C'est à cette vague prédiction de la femme au marc de café qu'il songea en gravissant le talus. Où aller exactement quand la liberté est soudainement redonnée ? Cette liberté lui parut aussi lourde que ces trois semaines en cellule. Il arracha de la terre un épi de blé oublié, racorni, brûlé et le porta entre ses dents. Sans argent et sans papiers, il sifflota la marche d'*Aïda* et se rappela une phrase de Rimbaud : « Au réveil, il était midi. »

Midi crève-faim. Il a faim, une faim plus impérieuse que l'angoisse, une faim à l'état brutal, teutonesque. Il eut presque un soupir de regret en songeant aux menus réservés aux condamnés à mort : crabes, langoustes, crème à la vanille et des beignets aux pommes tout chauds, son régal, son enfance, sa meilleure souvenance...

Il traversa le petit bois sans éviter les orties.

– Je ne comprendrai jamais comment vous faites pour ne jamais être piqué, s'effrayait Noémie pendant leurs promenades à pied d'où elle ramenait à chaque fois un bout d'ortie pris dans son ourlet défait.

À la sortie du bois, il y avait une ferme, plus petite que celles au fond du champ. Dans la cour, un gars silencieux et blanc semblait de pierre. Il bougea à peine, lorsque Christobal le frôla. Il était flanqué d'oies somnolentes et d'une pintade indifférente. Sur le coin du mur, au-dessus du bassin couleur mousse, un chat se coula, transformé en couleuvre sous la lumière. De la cuisine sortaient des crépitements de friture accompagnés de la savoureuse odeur :

– Des beignets. Des beignets aux pommes.

De la fermière, il apercevait le bord du tablier de cretonne fleurie. Près d'elle jouait un gros bébé accroupi dans son parc bleu ciel.

Un peu hagard, il frappa de ses deux doigts repliés le carreau sans rideau. Un chien aboya en remuant la queue.

La fermière – grosse femme encore jeune, rouge aux joues et aux cheveux tordus en chignon maigre, tourna vers lui des prunelles noires, sans autre expression que la suspicion paysanne.

Il la salua poliment, par réflexe de bonne éducation et s'embrouilla dans une vague explication où il entrait « retour de l'école », « beignets aux pommes » et l'expression couleur crème caramel : « faire collation ».

La fermière éteignit son feu sous la poêle bouillonnante et sortit avec l'écumoire les beignets bouillants qu'elle saupoudra de sucre blanc. Elle les déposa dans un long plat en faïence sans perdre une seconde son air de méfiance et de politesse hostile. Elle comprit vaguement qu'il avait envie de beignets et d'un geste raide lui présenta le plat.

Il se mit à manger debout, avec ses doigts, une

hâte gloutonne qui remplissait ses yeux de larmes nerveuses et sa bouche d'un bref sourire.

La fermière, avec le gros enfant serré dans ses bras, était sortie. Il la vit traverser la cour, bousculer le gars aux oies et ne s'en préoccupa plus, peu à peu engourdi dans une amnésie joyeuse qui remplissait ses oreilles d'allègres bourdonnements.

Les gendarmes étaient dans la ferme.

Tu ne peux plus t'arrêter, Éléonore,
les années ont passé,
tes vingt ans et ton mariage aussi.
Tu as encore grandi. Te voilà préposée-aux-
concessions-à-perpétuité.

Le tendron

Ils avaient décidé de louer la même villa pour y passer l'été. Leur vieille amitié permettait la délicate entreprise de la cohabitation. La soixantaine à un an près (« en plus », insinuait Edmond, le plus perfide des deux parlant de Germain) laissait prévoir un programme où le repos – pour une fois dans leur vie mouvementée – serait à l'honneur.

Germain, le Don Juan impénitent, peiné par un veuvage brutal dont il guérissait mal non d'amour mais de remords, organisait des parties de pêche coupées par le jeu de patience (« jeu de dames » suggérait Edmond) lorsqu'il faisait trop chaud.

Edmond acquiesçait, sûr dans les deux cas de se livrer à sa passion favorite issue de son ancien et brillant métier de critique littéraire : la conversation échauffée de fréquentes piques.

– Les piques sont les vacances d'un bon dialogue, appréciait-il à chaque fois qu'il en lançait une acérée, capable de faire surgir des souvenirs où se déchire l'amour-propre.

Depuis le collège sa cible favorite était Germain,

dont le passé de beau blond capable de séduire sans rien faire d'autre que d'être là taquinait son manque de succès dû à un physique dont la maigreur excessive accentuait sa ressemblance avec ces longues sauterelles d'Amérique du Sud que les indigènes accommodent avec du manioc. Néanmoins inséparables – la névrose de l'un suscitait le besoin d'être sans cesse châtié, humilié par l'autre – les deux amis avaient fini par consentir à passer cet été dépouillé, sans appels du journal, sans livres et sans jupons amidonnés jetés sur le tapis d'une chambre au lit défait.

Misogyne comme ceux qui ne vivent que par et pour les femmes, c'est Germain qui le premier avait insisté sur l'isolement :

– La villa près de la rivière, le bœuf en daube, et la diète le soir, avec un rosé du pays, c'est tout ce qu'il nous faut, mon vieux. Edmond avait acquiescé :

– Surtout à nos âges.

La première semaine se passa bien. Chacun était enchanté de l'autre et ils échangeaient cigares et bons mots comme de vaillants militaires à la retraite. La vieille Martha de la ferme voisine leur faisait une cuisine pleine de secrets savoureux. De la jupe noire à la tonsure, elle avait tout d'un vieux curé mélancolique. Deux fois par jour elle gravissait le chemin pierreux et on l'entendait vaquer dans son domaine : la vaste cuisine dont elle lavait quotidiennement les grands carrelages rouge et blanc au savon noir.

Tous deux l'appelaient Tante Martha et « vieille

bique » quand elle leur refusait un deuxième verre de cognac après le café du midi.

En tout début d'après-midi, ils déplièrent les journaux de Paris pour remplir les grilles de mots croisés. La chaleur était particulièrement forte, ils s'isolaient dans le salon dont les grands fauteuils restaient recouverts de housses blanches.

– Cause la poussière et les mites, expliquait Tante Martha.

Ils se sentaient bien, catapultés dans une zone irresponsable, proche de l'enfance, goûtaient un agrément secret à être rudoyés et commandés par la vieille Martha.

– Monsieur Edmond n'est pas raisonnable : sortir sans chapeau par un temps pareil.

– Monsieur Germain m'a encore abîmé mon carreau avec ses chaussures maculées.

– Il n'est pas question de faire les merlans avec du beurre salé. Monsieur ne pense pas à son cholestérol.

– Monsieur Edmond abuse des cigarettes et a oublié ses vingt-deux de tension l'année passée ?

Tous deux acquiesçaient oui oui et allaient jusqu'à obéir. Le temps s'était gâté, Martha alluma le calorifère et les deux amis se sentaient... comment dire ? Rapprochés. Ce mois d'août, avec l'odeur des chaussons aux pommes cuisinés par Martha et la pluie cinglant les carreaux s'était mis à ressembler au mois de novembre, créa une intimité. Les deux hommes surmenés par leur vie agitée se mirent à la considérer comme une faveur : ils ne parlaient plus que du bien-être de la solitude, de l'amitié, de l'aliénation constante que peuvent être les amours, les ruptures, les mondanités, bref les choses de la vie.

Edmond citait La Bruyère avec ferveur :

« Le monde est pour ceux qui suivent les cours ou qui peuplent les villes ; la nature n'est que pour ceux qui habitent la campagne ; eux seuls vivent ; eux seuls du moins connaissent qu'ils vivent... »

Germain concluait :

– La Bruyère, quel bel exemple !

Et Edmond d'insinuer malgré lui :

– C'est curieux, je vous croyais illettré.

Il y eut une éclaircie et un changement dans le service. Un mardi matin, Martha n'était pas là, Germain se décida à faire le café, un peu inquiet.

– Elle n'est pas malade, au moins, cette vieille toupie ?

Au moment où il tournait la manivelle du moulin à café, une fillette de quinze ans frappa, entra dans la cuisine. Elle avait des cheveux paille, frisés, le teint vermeil faisait ressortir les yeux d'un bleu intrépide, les yeux armés de cils roussis. La première réflexion qui vint à l'esprit de Germain fut :

– Dommage qu'avec un tel bleu, elle ait le regard aussi inexpressif !

De son long tablier à carreaux roses et blancs dépassaient des mollets un peu maigres mais bien faits. Germain pensa encore :

– Dommage qu'avec de telles jambes elle ait des pieds aussi immenses.

En effet, ses pieds assez longs et trop larges vaquaient à l'aise dans des sandales d'homme.

Ils se saluèrent sans se parler, d'une inclinaison de tête, lui avec son moulin à la main, elle, le pouce dans la bouche. Elle prit la parole :

— I'o m'appelle Éloïse. La mémé i'é malade.

Germain de songer une troisième fois :

— Dommage qu'avec un si beau nom, elle ait un parler aussi hideux.

La petite concluait :

— Olé ma mémé à'ct'heure qui m'a causé d'aller venir aider au dîner et au souper et au ménage.

Deux fois par jour, la petite gravissait les chemins pierreux perclus de flaques d'eau. Un soleil dru et sec réapparut, sécha les flaques et rendit aux deux amis une lassitude agréable où fourmillaient des projets un peu différents de ceux du début de leur retraite.

Edmond accueillait Éloïse par des ronds de jambe, des jeux de mots et une profusion de compliments, parce qu'elle venait d'être reçue au certificat d'études. Germain, par un réflexe tant de fois répété au cours de sa vie amoureuse, rejeta en arrière cette fameuse mèche blonde que ses maîtresses définissaient comme le « truc à Germain ».

— Ça et parler de lui... voilà son « truc ».

De blonde, elle était devenue gris acier avec une racine blanche et beaucoup moins fournie. Edmond ricanait :

« Le balai d'amour perd ses plumes ! »

Germain redevint susceptible à ce genre de réflexion. Leur retraite quasi monacale les avait menés à une philosophie plus souriante. La présence d'Éloïse rendit Edmond à son esprit courtisan et Germain devenait la cible de ses traits.

Une aigreur s'était glissée dans les réflexions d'Edmond, une aigreur qui n'existait pas jadis, accompagnée d'un rictus au coin de la bouche que Germain ne lui connaissait pas. Le soir, ils jouaient aux échecs et Germain qui s'était mis à perdre coup sur coup suscitait la réflexion inévitable :

– Malheureux au jeu, heureux en amour.

... Mais ponctuée d'un rire si bref, si sec, que l'heureux en amour dressa son oreille experte et commit la plus grande gaffe de sa vie.

– Tu crois, mon vieux, que j'ai mes chances ?

Il rompait ainsi le pacte de leurs vacances et ressuscitait l'ancienne jalousie, la blessure qui jamais ne s'était atténuée chez son compagnon. Le tendron rôdait déjà autour de Germain. Elle lui apporta des bouquets de lavande et des œufs de la ferme. Elle semblait abhorrer Edmond, ce long et vieux coléoptère grinçant et néanmoins grivois qui lui avait serré la taille dans la cuisine et avait crié malgré lui :

– Mais qu'est-ce qu'il a en plus, l'autre ? Il est même plus vieux.

Il avouait ainsi sa rancœur. La petite, les doigts dans la bouche et les yeux bleu acier le regardait sans amitié de derrière la pâte à tarte.

– I'o mi plaît bien quand y m'regarde, M. Germain...

Il regardait, en effet. Il l'obligea à raccourcir ses blouses et lui fit défaire le chignon trop haut qui tordait une massive et longue chevelure gerbe de blé, bouclée au bout. Ainsi, elle paraissait vingt ans et il semblait que ses seins avaient embelli depuis qu'elle servait ces « messieurs de la ville ».

Edmond allait faire les commissions au gros bourg à cinquante kilomètres de leur villa. Avec la vieille Renaut, il ramenait une fois par semaine la viande rouge, les pâtés et le pain bis. Un mardi après-midi, la voiture sursauta plusieurs fois et eut du mal à arriver à bon port. Il constata que la courroie du frein était totalement usée et prête à se rompre. Machinalement il songea :

– Zut, il faudrait appeler Dubuc.

C'était le seul garagiste de la région, qui racontait volontiers à ses clients comment il avait dépanné trois taxis de la Marne.

Son imagination se fatigua à ressusciter le petit homme en salopette bleu ciel, chauve et exalté sous son épaisse moustache poivre et sel. Il répétait à tout propos : « Le maréchal Pétain n'était pas un méchant homme. »

Une atmosphère un peu différente se mit à régner dans la villa. Germain rajeunissait d'heure en heure, parlait plage, casino, sortie, amourette, arborait un complet blanc, des chemises à pois et brillantinait sa mèche, qui elle ne rajeunissait pas. Edmond s'assombrissait au même rythme et tomba dans une morosité pas même allégée par ses pointes d'esprit. La petite s'épanouissait dans ce subtil carnage et montrait désormais ses genoux bien faits et la naissance d'une gorge de femme. Elle vaquait entre les deux hommes, à l'aise, et riait sans cesse

142

avec une insolence à peine dissimulée quand Edmond craquait la première allumette contre sa pipe. Il réfugiait ses soirées entre sa pipe et les réflexions de La Bruyère. Germain disparaissait de plus en plus, raccompagnait « la petite » pour qu'elle ne fît aucune mauvaise rencontre.

Un soir, Germain – costume paille, chemise rouge, cravate bleu nuit – lança à la cantonade :

– Excuse-moi pour ce soir, mon vieux, mais je vais faire un tour. J'emmène Éloïse.

Edmond eut un grognement qui pouvait passer pour une approbation. Il vit de derrière le rideau Germain bondir dans l'allée d'un saut de jeune homme et ouvrir la portière à la fine silhouette composée de blanc, de bleu, de rose et de mauvais parler.

Il faillit crier :

– Attends, Bon Dieu. La courroie va péter.

Mais il se tut. Il ne dit également pas un mot lorsque la gendarmerie l'avertit le lendemain matin que la voiture était tombée au fond du ravin avec un homme et une jeune fille tués sur le coup.

Non, non, Éléonore, interdit de te coucher,
de te reposer, de prendre ces horribles vacances
où tu redeviens minuscule et l'éternelle
préposée-aux-actes-de-décès-à-perpétuité.
Continue.

Le cercueil

M. Émile Symbole avait fait faire son cercueil par le menuisier le plus coté du pays. Un bon, long, gros, solide, riche cercueil en chêne sombre, forme parisienne, c'est-à-dire avec un couvercle plat sur lequel il fit poser un Christ en argent aux jambes hautement repliées avec une couronne d'épines particulièrement saillante :

— Cela fait plus riche, expliqua M. Émile Symbole à ses héritiers.

Plus riche également le capitonnage en soie mauve avec le coussin assorti.

— Vous comprenez, continua M. Émile Symbole, il est meilleur en fait de prudence, d'avoir d'ores et déjà son cercueil. Financièrement plus prudent...

M. Émile Symbole avait l'habitude de souligner toutes ses phrases par la réflexion : « Financièrement plus prudent. »

Au nom de cette « prudence », il essayait chaque matin et chaque soir son cercueil : il s'allongeait bien à plat sur le capiton violet et en appréciait le moelleux et la qualité. Il ne regrettait pas les 400 000 francs anciens dépensés. Par un snobisme de vieille bourgeoisie, il comptait en anciens francs.

Pendant plus de vingt ans il essaya le cercueil. Il avait déjà enterré une grande partie de son entourage avec le secret orgueil de se sentir parmi les survivants. Ses héritiers le traitaient avec indulgence et encourageaient plutôt son aimable folie :

– Quelle merveille, Bon Papa, tout ce violet.

– Quelle douceur, Père, que ce coussin.

– Quelle beauté, Oncle, que ce chêne.

– Ne ferez-vous pas, Grand-Oncle, ajouter les chandeliers en argent ?

M. Émile Symbole riait de contentement et c'est avec le même soupir joyeux qu'il rendit aux cieux son âme traversée par aucun chagrin véritable.

Alors ses héritiers vendirent le cercueil qui avait pris de la valeur et ensevelirent M. Émile Symbole dans une caisse en bois blanc. Par respect, ils la firent peindre en violet et ajoutèrent un crucifix en Formica. Cela leur revint à 2 450 nouveaux francs. Financièrement prudent.

Éléonore, mets le réveil en sonnerie
perpétuelle. Ne dors plus, ne mange plus,
ne bois plus. Encore, continue...

Le bain

Elle fit couler l'eau dans la baignoire et ouvrit toute grande la porte attenant à sa chambre à coucher. En dépit de la chaleur de ce mois de juillet, elle grelottait faiblement. Elle chantonna : « Ce n'est rien. Ce n'est rien... » et attribua son malaise à une cause physique.

« Un peu de rhume. Le rhume des foins. »

Elle continua « Foin foin foin » sur l'air d'une comptine qui la ramena trente ans en arrière, dans la cour de l'école du village. Tous les ans, elle y retournait, au pays, comme on dit. À l'origine, la belle demeure perdue sous le lierre et les guêpes était une vieille maison ordinaire dont la salle à manger rappelait curieusement celle d'un presbytère. Au cours des années, avec l'appui de son mari, elle avait aménagé, retapé, reconstruit autour de sa maison et en avait fait ce petit manoir où chaque été elle passait le mois de juillet. Ils avaient enfin fait poser une salle de bains.

– Avec une chambre, ma chère.

Elle rosit à certain souvenir érotique favori et

l'image fut si vive, si brutale, qu'elle heurta la valise recouverte par la poussière du temps.

— Qu'est-ce que j'ai ? demanda-t-elle à haute voix.

Elle tâta la région des côtes, respira plus vite, essaya et parvint à dominer la petite fièvre qui agitait ses membres fins et forts d'ancienne danseuse classique. Elle entendit encore la voix :

— Avec des jambes comme les vôtres, vous n'aurez aucun mal à soutenir la Revue du Casino de Mayol.

Elle s'assit sur le coin du lit, vaste merveille de bois, d'or, d'ébène massif.

— Un lit pour cocotte, avait-elle décidé. Je veux un lit pour cocotte parce que je les trouve beaux.

Il avait acquiescé comme il acquiesçait à tous ses désirs. Il ne tenait éperdument qu'à elle. Même à l'époque où danseuse obscure, elle évoluait dans le corps de ballet du théâtre qu'il dirigeait.

Elle sortit une cigarette de l'étui en or marqué de leurs deux chiffres emmêlés comme les tronçons d'une même bête. Elle écrasa une goutte de transpiration au coin de la tempe aux cheveux bien tirés en un chignon serré, comme le font les danseuses étoiles. Elle portait très jeune ses trente-huit ans passés. Elle déroula un pyjama de soie sorti au hasard et patiemment se déshabilla.

— Un bain. Un bon bain avec des herbes. Comme en hiver...

Elle se traitait avec précaution et suspectait ce léger grelottement qui ne s'améliorait pas. Non, elle faisait encore plus jeune et la glace au-dessus de la baignoire — idée de lui — lui renvoya l'image d'un dos long et flexible :

147

— Le même qu'il y a dix ans, quinze ans.

Quelquefois, elle lui disait :

— Je vieillirai du dos. D'un seul coup.

Elle en parlait comme d'une chose très lointaine, peut-être impossible.

— Je serai mort bien avant, répondait-il avec une sérénité égoïste.

Pas plus qu'à la vieillesse, elle ne songeait à la mort ; par une haine maladive du malheur.

Son cerveau sentit un voile se déchirer peu à peu.

— Voyons cela fait maintenant soixante jours que Hubert est mort.

Derrière le voile, l'image du long corps abattu par un infarctus ressuscita, puis la caisse dans laquelle on mit ce corps, puis autour de la caisse, tous ces gens dont beaucoup lui étaient inconnus, puis la petite allée au gravier gris dans le cimetière indifférent, à Montrouge.

— Soixante jours que je n'ai pas, absolument pas versé une larme, raisonna-t-elle en frottant ses coudes au gant de crin.

Elle s'était mise à en parler à haute voix, le grelottement avait cessé. Un bien-être la réchauffa qu'elle confondit avec de l'euphorie. De sa main tendue elle enleva d'un coup sec le bouchon de la baignoire et chantonna « Foin foin foin » en versant de l'eau de toilette iris au creux de sa main. Le bras tendu, elle admira :

— Le ballet de Giselle... Quand elle danse jusqu'à la chute.

La vague amnésie des jours passés l'emplissait encore. Cependant, avec un glou glou avide, la baignoire s'était vidée. Elle enjamba le marbre rose et s'arrêta, saisie, devant sa coiffeuse en forme de bonbonnière :

le miroir face à celui de la salle de bains lui renvoya l'image de son dos si brutalement voûté, craquelé de rides qu'elle crut de bonne foi à l'intrusion d'une inconnue dans sa demeure.

Éléonore quand et comment
pourras-tu vieillir ?

1970

Mort fine

Le mois d'août s'écrasait sur Paris en cloques de chaleur. Fatiguée par ces longues heures immobile au chevet de la malade, Antoinette sentit des auréoles de moiteur sur ses bras un peu longs, un peu maigres de brune qui atteignait la cinquantaine. Seule, avec une mère clouée sur un lit par une maladie dévastatrice, dont les crises soudaines nécessitaient la seringue et la morphine. Antoinette veillait la malade depuis quatre ans et savait mesurer la longue aiguille que sa mère ne sentait même plus.

« Pourquoi ne vas-tu pas faire un tour ? » suggéra faiblement Mme Ancelin.

Depuis plus de onze ans, Mme Ancelin proposait à sa fille :

– Pourquoi ne vas-tu pas faire un tour ?

Lorsque cette dernière semblait exténuée par les longues veillées sous la lampe du modeste bureau à corriger les versions anglaises de la fade pension où Mlle Antoinette enseignait l'anglais « jusqu'au baccalauréat », Antoinette Ancelin refusait :

150

– Non, maman. J'ai horreur de sortir seule.

Le regard oblique, elle n'ajoutait pas :

– Sauf avec Hervé...

Elle taisait une sourde rancune contre sa mère qui avait empoisonné ses quasi-fiançailles avec le rond rose et hilare professeur de mathématiques Hervé Pendrioux, seul homme qui eût jamais franchi le seuil du vieil appartement.

– Que vais-je devenir, toi mariée... gémissait Mme Ancelin. Elle ajoutait hypocritement :

– Le mieux sera de me mettre à l'hôpital.

À force de gémir sur son sort de veuve de la Première Guerre, désargentée, à demi paralysée, Mme Ancelin obtint ce qu'elle voulut : elle fit ployer une fois de plus la mince fille chancelante sous son œil toujours vif et son féroce égoïsme déguisé en pauvre femme vaincue par la vie. Elle obtint ainsi une garde-malade-bonne-à-tout-faire et naturellement célibataire.

– Nous sommes des femmes respectables.

Hervé Pendrioux, un instant tenté par la joue ocre du professeur d'anglais ne rêvait que voyages organisés et nombreux enfants. Il se hâta de rejoindre l'Alsace où il épousa une forte fille de charcutier, Valentine Pichon, qui lui donna quatre enfants en trois ans et quelques quintaux de choucroute en dot.

Pour arrondir leurs fins de mois, Antoinette Ancelin tapait à la machine des factures et des manuscrits. Afin que la lumière tombant sur le papier à dactylographier ne blessât pas sa vue, Antoinette Ancelin avait recouvert l'ampoule d'un papier de soie vert. Le soir, la réverbération de cette tache pâle sur son visage aux cheveux tirés en deux nattes sur le crâne avait quelque chose de sinistre. Par souci d'économie Antoinette Ancelin s'habillait au Carreau du Temple et portait toute l'année les deux mêmes costumes tailleur.

– L'un gris clair avec une chemise gris foncé pour l'été, l'autre gris foncé avec une chemise gris clair pour l'hiver.

Le jour dont nous parlons, Antoinette Ancelin non seulement était en gris clair mais avait même ajouté un petit col blanc ajustable au chemisier gris foncé. Mme veuve Ancelin, du fond de son alcôve d'où l'on n'apercevait d'elle qu'une des manches en satinette rose de la chemise luisante à force de coups de fer, attaqua :

– Voilà bien de l'élégance, ma fille. Tu devrais aller faire un tour.

Antoinette Ancelin eut cette réponse insolite :

– Justement, j'y allais.

Mme veuve Ancelin marqua un étonnement aigre :

– Je croyais que tu devais achever de taper les factures du magasin des baigneurs en Celluloïd ?

Antoinette Ancelin secoua la pudique coiffure – les deux nattes accompagnées de petites anglaises désuètes sur le col amidonné – qui ne variait pas depuis vingt ans.

– Je terminerai ce soir.

Elle empoigna un argument qu'elle estima convaincant :

– Après tout nous sommes le 15 août.

Avant de quitter la pièce toujours sombre, jamais chaude en hiver et jamais fraîche en été, accablée d'une poussière obstinée en dépit du plumeau manié sans cesse sur les bustes en bronze représentant Liszt, Beethoven et Chopin, Antoinette Ancelin promit de revenir avant quinze heures :

— Pour tes gouttes, maman...

Elle arrangea les oreillers festonnés à la main et rapprocha le recueil des lettres de Mme de Sévigné de la main encore valide.

— Au cas où tu t'ennuierais pendant mon absence.

Mme veuve Ancelin s'enorgueillissait du snobisme des grands malades, dont l'agonie dure des années.

— Je ne m'ennuie jamais, et d'un sec petit coup de reins elle réussit à se dresser de quelques centimètres :

— Promène-toi bien, ma fille.

Antoinette Ancelin déposa un baiser sur le front que Mme veuve Ancelin coiffait coquettement d'une mantille au crochet.

— Comme ça, j'ai l'air de Marie-Antoinette, minauda-t-elle un peu, bien qu'en fait, sa ressemblance avec Louis XVI était frappante. Mais un Louis XVI sans bonté véritable.

— Ce n'est pas sa faute, avait jadis expliqué Antoinette Ancelin à Hervé Pendrioux. La maladie, la peur de rester seule...

— Qu'a-t-elle donc exactement ?

— Cœur... arthrite... Il faut veiller à ses doses de médicaments. Celles de cinq heures du matin et de cinq heures de l'après-midi sont capitales...

Elle prononçait « capitale » avec une emphase qui suscitait dans l'esprit les monuments de Paris comme on les voit dispersés au fond des plateaux que l'on vend aux touristes.

– Ma chérie, vous resterez seule si vous ne vous décidez pas à avoir votre vie.

Antoinette Ancelin, par un masochisme frémissant, n'accepta aucune autre formule que de se dévouer au chevet de la gaillarde condamnée. Vu son ancienneté au cours « jusqu'au baccalauréat », elle obtint de sa directrice (taciturne personne dite entre deux âges et qui ponctuait régulièrement ses phrases avec l'expression « on se sait jamais » due à une prudence excessive qui lui avait fait refuser toutes les choses de la vie considérées comme bonnes) la permission de monter les cinq étages à cinq heures pour donner « les gouttes » à Mme veuve Ancelin, permission favorisée par le fait de la proximité du cours et de l'immeuble.

Malgré l'intense chaleur qui enfermait Paris sous un vilain ciel blanc effiloché de gris, le même gris que son tailleur de l'été, Antoinette Ancelin frissonna.

– Non que j'aie froid, non que j'aie froid, murmura-t-elle pour elle-même.

Elle traversa et s'avisa qu'elle avait faim. Tout était fermé, en ce 15 août vers trois heures de l'après-midi.

Sauf à l'angle de la laide rue Crussol, où elle trouva une vieille « Boulangerie-Pâtisserie » peinte en vert avec un gros chat visiblement castré qui dormait sur le comptoir. Elle acheta un chausson aux pommes qu'elle mangea avec précaution du bout de ses ongles sans vernis.

La glace d'un café fermé avec ses chaises sur la table lui renvoya l'image d'une longue femme aux jambes hautes, maigres, mais assez bien faites. Dans la poussière, ses nattes avaient l'air blanches et elle frissonna car elle se vit vieille, grotesque avec ses anglaises sans âge. La vitrine d'une mercerie elle aussi fermée « jusqu'au 3 septembre » lui montra le profil de son ventre plat des femmes qui n'ont jamais eu d'enfants. Le dessin de ses hanches sous l'horrible jupe tailleur n'était point laid.

Elle marcha longtemps et se retrouva dans une rue célèbre pour ses drugstores ouverts toute l'année.

Elle fit une chose inouïe : elle entra dans le drugstore. Elle aspira l'air trop chaud, gorgé d'une musique pop, comme un noyé qui retrouve de l'air. Elle fouilla fiévreusement son sac qui avait l'air taillé dans un ciré de gendarme et soupira d'aise en constatant qu'elle avait son carnet de chèques. Elle se dirigea vers le stand des robes, un ballon gigantesque et transparent. Elle acheta au hasard – timide comme une femme qui n'a jamais pu s'habiller – une robe extrêmement courte, décolletée, faite dans un tissu étrange qui rappelait les écailles d'un poisson et la couleur d'une dragée.

Elle avait plus de poitrine que prévu et sous les yeux ahuris de la vendeuse aux faux cils, elle acquit une paire de talons turquoise très hauts qui coûtaient plus cher que la robe. Elle haletait, comme quelqu'un qui va tomber en syncope.

– Le coiffeur... Y a-t-il un coiffeur ?

On lui indiqua une cage en verre avec des séchoirs qui scintillaient comme des boules de Noël. Elle fit

envelopper le tailleur gris dans une poche recouverte de pastilles rouges, et passa la porte d'étoiles
en strass de la cage en verre.

Un coiffeur féminin, serré dans un pantalon violet assorti aux étoiles de la porte et qui répondait au
nom de monsieur Gérard, lui demanda quelle coiffure elle désirait. Antoinette Ancelin décida :

– Les cheveux très courts et décolorés en blond
paille.

Pour la coupe, elle laissa M. Gérard qui tailla,
oxygéna, divisa, boucla, sécha et lustra les longues
nattes noires.

Quand ce fut fait elle ne reconnut pas la nouvelle piquante jeune femme que lui renvoyaient les
miroirs à trois faces.

Quand elle leva les yeux sur l'horloge gadget
de l'entrée, horloge taillée dans un Arlequin, les
aiguilles bleu et jaune lui apprirent qu'il était bien
plus de cinq heures.

Elle éclata de rire et décida de ne rentrer que le
lendemain.

Éléonore a grandi d'un pouce
poussi-poussière.

La page de Lazare

La belle Mme d'Ancelade (ancienne comtesse ruinée plusieurs fois par plusieurs petits amants et qui, la quarantaine passée, s'était acheté une boutique de parfumerie cours de Vincennes) fit tomber l'œuf dans la poêle brûlante, pas plus large qu'une soucoupe à thé.

L'œuf crépita faiblement d'abord, puis aussi fort qu'un cri de rage. Lucie d'Ancelade réduisit le feu, cassa le jaune d'un coup de fourchette et le recouvrit de poivre.

Avant de rejoindre l'homme d'affaires qui lui fournissait les crèmes à maigrir, les pâtes ocre, jaunes, vertes à base de concombre ou de banane, Lucie d'Ancelade déjeunait toujours d'un œuf frit et de très bons fruits.

— L'œuf, à mi-chemin entre la viande et le poisson, possède la richesse et non la nocivité.

C'était sa sentence favorite, legs d'un mari défunt et ennuyeux qu'elle oublia totalement (à part la recette de l'œuf vers midi un quart).

Elle était persuadée qu'elle devait à ce régime la minceur de sa taille et son teint rosé de blonde naturelle décolorée en un platine distingué. Son dernier petit amant qui répondait au prénom espagnol de Gonzalvo l'en avait-il convaincue. Gonzalvo – poète dont les poèmes n'avançaient guère que dans ses conversations – traînait ses vingt-huit ans oisifs derrière le comptoir très XVIIIᵉ de la parfumerie-bijoux fantaisie. Seulement le mardi après-midi (le jour de « l'homme d'affaires ») car le reste de la semaine, couché dans la pénombre entre une bouteille de limonade tiède et de gin et un disque de musique africaine, il composait, d'après ses dires, le poème du siècle.

– Un poème religieux... la prophétie du nouveau monde...

Il consentait à descendre au magasin le mardi après-midi et de telle façon que Lucie d'Ancelade se croyait en fait son obligée bien que le logeant, le nourrissant et lui laissant de l'argent de poche, jamais assez à son gré.

– Vous m'humiliez, ma chère, alors que je vous tire de votre solitude. Vous m'humiliez mais je vous pardonne.

D'un saut de carpe, il se retournait contre le mur à tapisseries japonaises.

Ce mardi-là, Lucie d'Ancelade, d'assez mauvaise humeur parce que sa coloration n'était pas réussie et que le blanc de son œuf était brûlé, bouscula l'horaire de son départ avec des « pressons », « on s'affole », « allons, allons », etc. qui exaspéraient le poète en gestation.

– Ma chère, je ne suis pas un domestique ! clabauda-t-il en enfilant la chemise en soie verte, cadeau récent de son amie pour son anniversaire.

Le cheveu très noir, la moustache frisée, l'œil liquide et la dent blanche, il l'émut brusquement d'un soudain désir et elle lui passa la main sur la nuque comme on flatte un animal.

– Sale gosse, murmura-t-elle, prête à lui céder son après-midi.

Mais c'est lui, assez content de se retrouver seul avec l'illusion de posséder les lieux, qui l'anima de noble émulation :

– Non, ma chérie. Le travail avant tout.

Elle soupira en ajustant l'épaisse gourmette en or qui lui servait de montre. Elle lui souffla encore derrière l'oreille « gosse d'amour » et descendit en toute hâte sans se soucier des regards des passants qui se retournaient sur cette belle femme de quarante-neuf ans.

Le gosse d'amour bâilla, sacra le nom de Dieu et se gargarisa dans la salle de bains opaline. Il déjeuna d'une boîte de crabe, d'un reste de poulet mayonnaise et d'un gros morceau de fromage aux noix. Il pela une belle pêche d'un rose sombre qui était le régal de sa maîtresse. Un excellent bourgueil l'aida à se réveiller tout à fait et comme il était près de deux heures, il se fit rapidement un Nescafé serré. Il se sentit inspiré comme chaque fois qu'il devait travailler un peu et maudit à haute voix la belle Lucie d'Ancelade.

– Elle empêche ma vocation de s'exprimer. Si je

n'étais pas obligé de garder sa boutique qui ressemble à un salon de lupanar j'aurais déjà publié un recueil religieux. La garce.

Il avala d'un trait le Nescafé trop chaud et sacra le nom de saint Expédit.

Sur le comptoir recouvert de velours rose, le portrait de sa maîtresse dans un cadre à moulures le mit de méchante humeur à cause des petites rides autour des yeux qui n'avaient pu disparaître malgré les retouches savantes du photographe. Agacé également par le billet « N'oublie pas d'éteindre les lumières si je rentre tard », il se crut une victime.

Il ouvrit le tiroir-caisse qui contenait très peu d'argent liquide, mais un portefeuille avec un chéquier et une procuration :

– Au cas où on livrerait de la marchandise pendant mon absence.

Les deux premières heures, il s'ennuya. Il vendit une crème à l'orange à une petite et grosse dame qui gémit trois quarts d'heure sur sa peau desséchée. Une méridionale décolorée en rose lui acheta un dissolvant (non gras) et une femme tellement insignifiante qu'il oublia totalement son visage dès qu'elle fut sortie, acquit une gamme de masques de beauté qui coûtaient fort cher. Il fit cadeau d'un parfum à une jeune fille dont la blancheur lui plaisait et écouta, indifférent, le long réquisitoire sur les méfaits des points noirs tenu par une rentière véhémente et boursouflée.

Vers quatre heures entrèrent deux témoins de

Jéhovah et il s'exalta avec eux jusqu'à sept heures au point de fermer le magasin et d'en tirer le rideau de fer. Il leur parla de son long poème sur Dieu dont il entendait, la nuit, les mots à venir :

– Les mots d'un prophète.

Les deux Jéhovistes précautionneux et blêmes s'échauffaient en lui lisant certains passages de leur Bible. Gonzalvo descendit de l'appartement un plateau avec trois coupes et sortit du frigidaire une bouteille de grand champagne à laquelle succéda la Marie Brizard, et les cigares. Les deux Jéhovistes – l'œil noir, la même maigreur sous le même complet gris foncé au point de se ressembler comme des frères – lui communiquèrent leur constant espoir de miracle, pour aider leur communauté. Gonzalvo, ivre d'émotion, ivre de lui-même, persuadé d'être le maître des lieux, leur signa un chèque représentant à peu près la totalité du compte en banque de sa belle et vieillissante maîtresse. Il joignit au rectangle bleu BNP une donation totale du magasin en bonne et due forme « Pour votre communauté, pour Jehovah ».

Tous trois pleuraient d'émotion devant les bouteilles vides et les papiers dûment remplis. Gonzalvo bafouillait :

– C'est la vie que vous m'avez rendue. La vie.

Son inspiration lui était soudainement redonnée. Il répéta « c'est la vie qui m'est redonnée », le cheveu moite et en désordre devant les étagères de rouges à lèvres.

Lorsque la belle Lucie d'Ancelade rentra, vers minuit, la première chose qu'elle trouva dans la chambre de Gonzalvo dont l'unique valise avait disparu fut un court billet rédigé avec le strict minimum de politesse.

« Adieu, madame. Pour le don que je viens de faire de vos biens, je vous empêche de brûler dans les flammes éternelles du mauvais riche. Remerciez-moi ! »

Le billet était accroché avec un trombone dans l'évangile relié argent qu'elle lui avait offert quelques jours après leur rencontre. À la page de Lazare.

Éléonore tu as trop grandi
Trop Grande trop Bête.

Le paquet de cigarettes

Mme Gustave Schloum – veuve d'un très riche banquier et qui noyait son oisiveté dans maintes croisières – serra ses lèvres maquillées sur le filtre doré de la cigarette américaine. Seule à bord du *Titanic* (le capitaine avait donné ordre de mettre les chaloupes à la mer trois quarts d'heure auparavant). Mme Gustave Schloum avait cédé sa place dans le second canot avec dédain à un gros magnat du café rendu hystérique par la menace du naufrage. Il hurlait avec une impudence que Mme Gustave Schloum ne put pardonner au point de lui laisser la vie :

– Je ne veux pas crever ! Je ne veux pas crever !

Mme Gustave Schloum qui, en dépit de la cinquantaine, portait avec une élégance de jeune femme une longue robe de soie noire ainsi que ses bagues et ses colliers, riposta du haut de son mètre soixante-quinze et davantage à cause des grands talons vernis noir pailleté :

– Eh bien, mon cher, vivez donc !

Sous l'œil effaré des soixante passagers, elle

remonta la passerelle où claquait un vent ivre, goguenard, coupant comme une scie.

Malgré elle, elle remarqua en considérant la coque immaculée du navire :

— Avec ma robe noire... ça a de la gueule.

Déjà, les chaloupes s'éloignaient. Le magnat du café, dans son smoking crevé aux manches, ressemblait à un gros bourdon devenu fou et gesticulait encore.

« Je ne veux pas crever ! Je ne veux pas crever ! »

Mme Gustave Schloum évita la cabine avant où le capitaine gisait mort, la bouche empêtrée dans ses compas. Elle hésita entre le premier pont où de grandes vagues aspergeaient çà et là les fauteuils en rotin, et le grand living dont les tentures bouton d'or l'avaient séduite. Le grand craquement de la veille avait tellement tout chamboulé que les canapés se retrouvaient entassés sur le piano à queue. Il restait le précieux salon de bridge, juste au-dessus.

Mme Gustave Schloum cria d'admiration :

— Quel spectacle !

... Le ravissant salon tendu de rose pâle et de bouquets très XVIIIe était intact, et par l'immense baie on voyait tout l'océan et les chaloupes se débattre dans les vagues telles des mouches engluées.

— Quel spectacle ! admirait-elle encore. Ainsi, constata-t-elle, il faut être bien près de la mort pour goûter cette impression de posséder le monde entier ?

Elle décida d'attendre la fin dans la plus confortable bergère. Elle se sentait heureuse de ne pas être

mêlée au troupeau misérable qui ramait sans espoir
et soupira d'aise parce que le reste de ses cigarettes
n'était pas mouillé.

Éléonore quand quand
cesseras-tu de grandir,
grossir, t'abêtir ? Et d'avoir mal aux chevilles
parce qu'un éditeur t'a reçue ?

Griselidis

— Comment fait-elle, mais comment fait-elle pour répondre au prénom de Griselidis ? se demanda-t-il pour la millième fois peut-être.

Griselidis – dont le nom suggérait à Arnulphe je ne sais quelle nymphe des bois, poussa le plateau à café d'un geste populacier et les tasses frémirent en même temps qu'Arnulphe, mince et correct jeune homme.

Sous la tonnelle, les glycines embaumaient le miel et les œillets. Le chat glissa comme une couleuvre le long de la rampe enflammée, et se frotta contre les chevilles d'Arnulphe qui renversa en arrière sa tête ensommeillée.

Mais l'horrible voix de Griselidis brisa la langueur de début d'après-midi. Le jeune homme et le chat sursautèrent sous l'excès du bruit discordant.

— Pour ce qui est de la noce, clabaudait Griselidis, la bouche pleine d'un gros morceau de quatre-quarts, je pense que du long, ce sera mieux pour la mariée...

Un petit rire découvrit ses dents jaunes et le

bout de quatre-quarts broyé en bouillie marron. Arnulphe referma les yeux très vite.

– Quant aux dames d'honneur, continuait la voix, du rose foncé et du plumetis. C'est amincissant.

Ci-joint une claque retentissante de sa main en battoir sur ses épaisses hanches qui engloutissaient la taille et le torse, eux-mêmes enrobés par la graisse, ce qui lui faisait une poitrine minuscule.

– Pour les décolletés, le pigeonnant est ce qu'il y a de mieux. On sera en automne, autant prévoir des bas de soie.

Le geste joint à la parole découvrit un mollet puis un genou, puis un bout de cuisse qui pétaient sous l'excès de cellulite.

– Les corbeilles regorgeront d'hortensias. Les hortensias donnent un air de fête et les hortensias ne coûtent pas cher. Il ne faut pas beaucoup d'hortensias pour avoir l'impression de voir une montagne de fleurs.

Le jeune homme accablé courba le dos sous l'énorme tas de ces grosses fleurs ordinaires qu'il haïssait. Elle répéta encore trois ou quatre fois le mot « hortensias » qui résonna, aigre comme un profil de vieille fille.

– La mariée aura même un hortensia sur son chignon et de l'hortensia jailliront les sept mètres de voile.

Pour le coup il faillit éclater en sanglots mais domina son horreur en « oui oui » qui ne voulaient rien dire mais lui permettaient au moins de goûter au café qu'il prenait sans sucre.

Le liquide noir, savoureux et fort l'euphorisa un peu, aussi fut-ce avec un certain calme qu'il entendit la suite.

– Pour ce qui est du bouquet, autant le faire dans le jardin. Dieu merci, la place ne manque pas !

Le jeune homme pauvre dressa une oreille aux aguets et ouvrit un œil expert sur les hectares de parc, le grand bassin où nageaient les poissons rares et dans son dos le perron de la luxueuse, bien que de mauvais goût, gentilhommière.

– Les faire-part auront un cache doré et les noms en relief. Ce sera charmant.

Elle glapit sur le mot « charmant » et quelques miettes du gâteau volèrent dans les glycines immobiles.

– Pour la messe, on fera venir un organiste de Paris.

Elle se tut, respectueuse et vaguement agressive sur le nom « Paris » comme toute provinciale.

– Ensuite le voyage de noces sur la Riviera...

Le mot « Riviera » lui rappela douloureusement celui « d'hortensia » et il continua à se taire, morose.

Griselidis tapa son ventre qui reposait sur ses cuisses.

– Ouf, quelle chaleur...

La transpiration dessinait une plaque luisante sur son menton à deux plis. Le mouvement qu'elle fit avec sa nuque fit trembler ses épaules dites « peau d'orange ».

Le silence régna sur la table du jardin et se fit plus lourd que les quatre-vingt-cinq kilos de Griselidis. Le jeune homme pauvre secoua la tête

comme s'il frissonnait et décida à s'installer définitivement dans le sacrifice qui chasserait à jamais les
souvenirs des réveils dans la chambre au mauvais
sommier, les déjeuners d'un croissant et d'un café-
crème. Il prononça à haute et intelligible voix :
— Ma chère, j'ai le très grand honneur de vous
confirmer mes intentions d'unir ma vie à la vôtre,
etc., etc.

Griselidis rugit d'aise et un nuage de pellicules
tomba de ses cheveux trop gras tandis qu'il se pen-
chait pour baiser le poignet frémissant et boursouflé.

Éléonore la toute petite fille
a grandi du cou. Elle a une promesse
(une promesse dis-je)
de signer un contrat d'édition.

La série

Comme elle l'avait abandonné du jour au lendemain, il fut surpris de l'agréable indifférence qu'il
éprouva les jours suivants.
— Voyons, raisonnait-il, j'étais pourtant très
amoureux...
Sa mémoire ressuscita la belle rousse, racée telle
une pouliche de course, longue comme une rivière.
Il ressentit un certain émoi sensuel en se rappelant
leurs réveils dans le grand lit. Il sombra dans un
détachement quasi amnésique que ne troubla point
l'arrivée d'un papier bleu du Trésor public stipu-
lant qu'on allait saisir ses meubles le surlendemain
s'il ne réglait pas le jour même la somme mention-
née. Il songea simplement :
— Quand un mauvais événement arrive, c'est
l'histoire de la fourmilière. Des milliers sortent d'un
seul coup. C'est ce que l'on appelle « la série ».
Qu'elle soit malheureuse ou heureuse, c'est toujours
la série...
Il n'y songea plus. Faisant partie de « la série »,
il venait de perdre son emploi et attendait sans

impatience ses indemnités de chômage qui n'arrivaient pas. À ses amis accourus ainsi tout être humainement enivré par le malheur d'autrui, il s'expliquait par ce seul mot :

— C'est la série.

Et les amis repartaient, en répétant :

— Ce pauvre Antoine... C'est la série.

Secrètement ravis de voir puni ce beau brun, à qui rien de triste n'était encore arrivé. Les plus sincères eurent la discrétion de ne pas le voir et les plus perfides lui laissèrent quelques boîtes de conserve en attendant la fin de la série.

La veille de la saisie, il soupa d'une boîte de sardines à l'huile et d'un reste de cassoulet réchauffé dans sa boîte sur le camping-gaz car gaz et électricité venaient de lui être coupés.

— C'est la série, conclut-il pour la dixième fois. Il eut l'impression d'atteindre une zone de sagesse pure.

Il avait posé sur le coin de la toile cirée la lampe de poche retrouvée par miracle au fond d'un tiroir et l'éteignit pour économiser la pile. À tâtons, il regagna le lit qui lui parut vaste comme un désert et cependant glacial.

Il fut réveillé à huit heures du matin par plusieurs coups de sonnette. Il ouvrit les yeux. Il avait les idées ahuries et les pieds froids. Il enfila la somptueuse robe de chambre qu'elle lui avait offerte pour leur quinze ans de mariage, les babouches tunisiennes. Il ouvrit aux trois hommes qui attendaient, patients et accompagnés de l'énorme concierge à la lèvre bleue.

Il songea malgré lui :

– Pourquoi ont-ils l'air aussi consternés ? Est-il arrivé un malheur dans le quartier ? dans leur famille ?

Le plus âgé des trois, porteur d'un costume strict et d'un porte-documents à fermeture Éclair, exhiba gravement sa carte d'huissier. Antoine Barême se sentit brusquement joyeux :

– Entrez messieurs.

L'huissier expliqua : « Vous comprenez... Nos avis... Nos préavis... Notre patience... Mettez-vous à notre place » (à quoi Antoine Barême répliqua : « Non je n'en ai nulle envie »), tout en avançant dans l'appartement d'un pas de crabe.

Antoine Barême se versa une cuillerée de Nescafé dans un bol tandis que les déménageurs – deux gros Auvergnats, pleins de jovialité – emportèrent le buffet et la table et le piano et le canapé et les fauteuils et les chaises et les armoires et la console et les deux guéridons et les livres reliés et le tourne-disque et les disques et les tableaux et les statuettes et la vaisselle et la pendule et les étagères amovibles et les lampes sur pied et les coussins de soie sous l'œil navré de l'huissier qui saluait chaque objet d'un geste de guignol.

L'opération dura deux heures après lesquelles la porte se referma sur les trois hommes dont les pas résonnaient haut et clair dans l'appartement entièrement vidé sauf de la vaisselle minimum, son matelas et une chaise au pied cassé.

172

Alors il se passa une chose inouïe : Antoine Barême se sentit envahi totalement par une joie dont il sentit couler l'opulence à plein bord. La joie de ceux qui ne possèdent rien. Il respira à pleins poumons comme un évadé devant la fenêtre ouverte dont ils avaient enlevé jusqu'aux rideaux.

L'éditeur a réfléchi. Il ne signe pas le contrat d'édition (à Paris). Éléonore a d'un seul coup perdu tous ses centimètres. La voilà à nouveau préposée-aux-actes-des-concessions-à-perpétuité.

Don Juan

Antoine Baumerie se demandait comment, lui qui toute sa vie avait manié de lourds engins, des armes à feu, il avait consenti à garder et aimer ce petit meuble mignard, incrusté de marquises en nacre dans lequel il serrait ses lettres d'amour.

Don Juan plein de charme, il avait eu beaucoup de maîtresses dont la plus âgée ne dépassait pas trente-cinq ans. La seule fidélité – littéraire – qu'il leur vouait était de relire de temps à autre leurs lettres, chaque paquet noué par un élastique de couleur différente. Une couleur par amie. La dernière en date – cela remontait à deux années en arrière – ne lui avait envoyé qu'un pneumatique, mais suffisamment exalté pour avoir droit à un élastique rose. La plus orageuse – une brune espagnole qu'il avait rencontrée dans un cabaret montmartrois – lui avait laissé outre une balafre sur l'épaule, un paquet volumineux de prose déchaînée mi-française mi-espagnole. Elle eut droit à un congé froid et élégant ainsi qu'un élastique rouge.

L'élastique purpurin l'attendrit : il raviva dans sa

mémoire la frêle silhouette qui avait quitté sa famille avec une petite valise pour essayer de le rejoindre et qui revint dans sa province entre deux gendarmes.

L'élastique vert provoqua un remous coléreux. Il enserrait les lettres qui d'un bout à l'autre le traitaient de pauvre type tout en concluant « Je ne peux me passer de toi ». Cette phrase revenait régulièrement. Il se rasséréna, sûr de son pouvoir.

L'élastique jaune le fit éclater de rire : il ressuscita une jeune mystique nourrie de biscottes, de thé sans sucre et de versets de l'Évangile. Elle souhaitait le ramener dans le bon chemin. Elle y mettait une telle bonne volonté, d'esprit et de corps, qu'il garda quelques gais souvenirs et l'horreur définitive du thé.

L'élastique bleu ne remua aucun souvenir, le mauve lui tira un petit eh eh égrillard et le violet lui redonna un vague désir.

Il referma le petit secrétaire avec ses mains de montreur d'ours qui avaient su manier tant d'objets délicats, pour leur plus extrême plaisir et malheur. Son regard rencontra, au-dessus du petit secrétaire, la photographie d'une dame sans beauté, sans autre grâce qu'une masse de cheveux châtains au-dessus du front moyen. Alors l'homme à femmes éclata tout à coup en sanglots devant celle qui ne lui avait jamais écrit.

Suivez-moi dans mon bureau Éléonore,
dit l'éditeur (à Paris).

Épilogue

Éléonore a publié son premier livre. Elle s'est aperçue qu'elle avait toujours la même taille (1,56 m) depuis le lycée, le mariage, les moulins et le poste-de-préposée.

Dans son nid de pie voleuse, il y a un bel écrin avec dans le premier tiroir : une douzaine de virgules, points-virgules, points d'exclamation, points de suspension, points d'interrogation, deux points à la ligne, une série d'accents aigus, accents graves, accents circonflexes, un tréma et un précieux trauma ;

second tiroir : vingt-quatre adverbes bien emmanchés, autant de participes passés présents et à venir, dos à dos pour ne pas les heurter ; le présent, le passé composé, le passé simple, l'imparfait, le plus-que-parfait, le passé antérieur, le futur, le futur antérieur, l'impératif, le subjonctif ;

troisième tiroir, dans un magnifique creuset de velours mauve, les synonymes et les homonymes, roulée dans une aumônière, une guirlande d'argot, bien cachés dans la boîte à dés, les nécessaires mots orduriers ;

176

dans le dernier tiroir : douze préfixes, douze suffixes en bonne tenue régulièrement passés au blanc d'Espagne, à savoir le parfait agencement de la bonne ménagère.

L'encre est à part, scellée dans deux salières.

Sur le coffret dûment fermé à la clef volée, est gravé en lettres gothiques :

Il est dangereux de se pencher par la portière.
Do not lean out of the window (anglais).
Nicht Hinauflehnen (allemand).
E pericoloso sporghersi (italien).
Es peligroso asomarse (castillan).
Es perillos abocar-se (catalan).
E prigoso satinare da janela (portugais).
Es dangerous de se clinar defora (occitan).
Câm tho dao â u ra ngoài (vietnamien).
Na lo lehisha'en ha khutsa (hébreu).
Nie bespiecsnie jest wychylac sie przez okno (polonais).
Usque tandem abutere, SNCF, patientia nostra ? (Jusqu'à quand, SNCF, abuseras-tu de notre patience ?)
Καὶ ἔτσι θὰ καταλάβετε καλύτερα μερικὰ σημεῖα ποὺ ἴσως σᾶς φάνηκαν σκοτεινὰ στὴν ἀρή. (Et ainsi vous comprendrez mieux quelques points qui, peut-être, vous ont paru obscurs au début.)

SNCF !
BRANLEZ-VOUS EN PAIX

Éléonore est prête.

CET OUVRAGE A ÉTÉ REPRODUIT
ET ACHEVÉ D'IMPRIMER SUR ROTO-PAGE
PAR L'IMPRIMERIE FLOCH À MAYENNE
EN AOÛT 1997

Éditions du Rocher
28, rue Comte-Félix-Gastaldi
Monaco

Dépôt légal : août 1997.
N° d'édition : CNE section commerce et industrie
Monaco : 19023.
N° d'impression : 42040.
Imprimé en France